霜痕

Frost Marks

捉到浮泛的人生的一片段，王統照短篇小說集錦

王統照——著

人人以為是平常的事，而卻令心細的人們
一輩子永久而勿遺失地掛在心上呢
而王統照，正是想將那些
「平常之事」掛在讀者心上之人

經營著現在的夢境，而劃分開
夢境叢中所留下的碎痕
今夕只可以談談風月，辱沒了
佳山佳水，正是人間的自作孽

目錄

敘言……005
青松之下……009
霜痕……031
衝突……051
生與死的一行列……065
旅舍夜話……077
相識者……091

目錄

河沿的秋夜……109
紀夢……123

敘言

敘言

這八篇文字都是我在一九二三、四年間所作的。過去的文字本無所觀，何況那時在生活的匆忙中偶而偷閒寫一些連自己也不明白可否算作文藝作品的東西。在當時未嘗沒有一點點的感受，但現在想來實在是十分稚氣。

時間與環境常常可將我們的生活在無形中變化了，而時代的機輪更在我們的生活的掙扎中不息的轉動。由此，思想的幻變也隨之俱來。一個人跳不出苦悶的生之「法網」，他一定時時有衝出這魔術般的「法網」的希望——希望雖止是空虛中的燭光，卻能在前面照引著我們，閃動出我們的力，思想，與表現思想的方法。

說到作品，我回看十年前後的作品不但是無力量而且只看到人生一面。也不止一個人，那時的青年多構成一個空洞而美麗的希望寄存在未來的樂園之中，然而現實的劇變將大家的夢境打破了。除卻作生的掙扎外一切空虛中的花與光似都消沒於黑暗中去。經過嚴重的現實的生活教訓他們要怎樣說，自然不一致，但花與光的追求卻使他們顫慄了。

我也是那個時代中學作文字的一個，那時並不以寫小說等文字為十分苦悶的事。捉到浮泛的人生的一片段便以為很容易地寫出來——雖然對寫作的態度還是鄭重。但在那個時期以後，不要說輕易寫不出自己覺得滿意的作品，即在寫作的時候，往往感到一種沉重的壓迫，漸漸地覺得寫作是令人苦悶的事了。

也因此，我對於幾年以前發表過的文字不想重行印出。不是以前承景深兄為我將這些印稿蒐集起來，我真的早已忘卻了，也想不到還有與讀者想見的時間。這次新中國書局要印行文藝叢書，這本書便由調孚、聖陶交去印行，恰好我到上海來，才知道版已排好，即要修改字句也不可能了，便在前面寫這幾段。

過去的作品，我自己覺得無甚意義，但在我寫作的經過中還可以說幾句語。這幾篇文字固然講不到什麼力量、思想、藝術的轉變，但我以為與我已印行的更在以前的作品不同。記得那時的思路漸漸地變更，也多少攙入了一點辛澀的味道，不過不是一致的。常常感到沉重的生活的威迫，將虛空的祈求打破了不少，在文字方面，也不全是輕清的嘆息與虛渺的惘悵了。這一點是我自己覺得出的。

這本小說是說不到貢獻與價值的。在這樣的國度與時代裡寫不出幾本嚴重而藝術完美的小說已感到無許的慚愧！印行舊作，更添上一重悒鬱而已。

謝謝景深、調孚、聖陶諸兄的費神！

一九三一年九月三日

敘言

青松之下

青松之下

秋日的黃昏，最是令人容易感到淒傷而寂寥的時候，況且更遇著自未曾上燈之前，便淅淅瀟瀟地落起雨來。從如奏著悲涼而愁慘的音樂的聲中，教人聽了，便感到心頭上冷冷地，不知怎麼方好。幸而這間燈光微暗的屋子中，還是幾個彼此相熟的人談話，說出互相慰藉的話來，還可以將無聊中的似乎真實的觸感消滅與間隔些去。不然，遇著這等天氣，一個人孤零零地在彷彿廣漠中的客舍裡，不要說讀不下書去，睡不下覺去，只是這淒清中的情緒上的恐怖，也使人無可如何呀。

一個人當在家庭中的時候，有時不止是覺不出什麼好處來，而且煩膩；設若你獨自遠居在旅舍裡，或者到了陌生的地方，沒有人共你說話，也沒有人能以真心的安慰，使你減卻寂寞，到瞭望著天空的飛雲出神，或是在燈前無味的斜坐的時候，那麼，想起家庭中安適而快慰的生活，總不禁有些戀戀而且可惜的意味了。一切的事，都是那樣，當前見慣也就罷了，然而賦有最大的權威的就是「過去」二字。一句話的聽到，一個人的遇到，一枝野花來委在泥裡，一隻斑鳩飛過牆頂上，但使是「過去」呵，你不是善忘的人總不能沒有點過去的思量與憐惜的！其實這不過是就最平常平常的事說罷了。也或者人人以為是平常的事，而卻令心細的人們，一輩子永久而勿遺失地掛在心上呢。

我們幾個人在一間安置的很妥貼的小書房中，這一時靜靜地息了言語，來默聽窗外的雨聲。原來玻璃窗外有個藤蘿架子，這是前年才栽種上的藤蘿，兩年的工夫，已經長得滿了架子，而且綠葉的蔭影，幾乎全將窗子遮卻了。偶然大一陣小一陣的秋雨的滴瀝，打在疏密不等的葉子上，颯落颯落地響，有時噹的一聲，卻是風吹得門鈴上扯過來的鐵絲顫動。正在這時，他們都鄭重而安然地去聽這一夕自然的音樂；而同時在我亂思的心中，便作出上面的兩個片段的理想來。

我不知在同時這一屋子中的人，他們想些什麼？不過我自己的心上，的確是無規則地尋思些毫無關係，而且是毫無價值的事。一個奇異的另一疑問，剛著在我的腦中，就是我每逢著秋夕聽雨的時光，自己再不會解答來的問題。便是一樣的雨呵，為什麼在夏夜聽來，對於我內心的觸感，不與秋夜相同？……這實是一無可解答的問題。經驗給我的教訓，卻不止一回了。在默默中，我又憶得起來。正要繼續想下去，忽然在短榻上坐著打線結的我的表妹妹，突然停止了手中的鐵針，向著門外彷彿看了一看，回頭對一個三十幾歲的人道：

「天越發黑了，我真怕聽這等淒淒零零的雨。沒落雨時，我打算這個大線結，在六點鐘就打完了，現在呢？」她說著，向左腕上，就燈光下看了看道：「快七點二十分了，還沒有打完，白白地讓天氣把我悶壞了！……」

她說完之後，便索性將活計丟在榻上了。

三十餘歲的男子，是她的哥哥，正在案上拿本書胡亂看，聽她說完了，便微微地笑道：

「小小的年紀，怎樣懶得難過，自己事做不完，卻來怨天尤人。自來落雨是妨害讀書，卻於做手工一點也沒有關係，……可是，若不是落雨，夢薇早就走了，今日晚上，或者可說是天的留客。……」他說還沒完，便自己笑了。我方要接過來說上幾句，卻不料他重複繼續說道：「夢薇，你看藝如越讀書越成了小姐的樣子了。你就高興起來，作點手工，其實呢，還是為她自己作的，一時作不來，便發急的了不得。……還時時口裡贊成女子，……這樣獨立，那樣獨立，……」他有意的作出嘲笑與遊戲的態度來激怒她，她也知道，然而因此竟引起一番爭論來，破了室中的靜默。藝如急切地向她哥哥說：「你真是故意挖苦人呀！而且像你似的，真是單調生活中的人生。獨立也罷，不獨立也罷，一個人總逃不出天然的環線之內，難道如你的說法，聽雨聲而有感觸的，只是讀書的呆人呵！那真正成了笑話了。像你們讀書，左不過為人，或是為書本子作驅使罷了。書中的意義，能夠了解，恐怕不是書呆子能夠辦到的。……哦！哦！……我記起來了，你不要挖苦我了！……」

「你記起什麼來呀？」他笑著逼迫般地問。

「你們只是會在報紙上，口頭上，喊著鼓吹著女子獨立呵，經濟問題自謀解決呵，終究不過要少家中一份負擔罷了。……」她是故意說的，我聽了也忍不住要笑起來。她說到後來，便不再說了，只是對著案上的一面大鏡子，收理她的鬆鬆的頭髮。

她的哥哥，是個久於在社會上作事情的人，而且他對於他的妹妹們，向來都視同小孩子們好說好笑的。不過這時，他卻驟然變成鄭重的態度，慨然向我道：「說笑話，固然是說笑話呵，然而藝如的話，何嘗不深入一層，你以為怎麼樣？」

我還沒有回答他，忽然在東壁下小書案上他的小妹妹霞如手裡拿著一本書，漫長的聲讀道：「搖落秋為氣，淒涼多怨情！……」原來我們由沉默中起了談鋒，卻忘了霞如在那邊一個人正看古詩，看得有趣呢。有她這一驚，卻將我要回覆他的話忘掉了。而且也平白地將這段爭論中止。霞如梳著鬆垂的雙鬟，穿著淡墨色的呢袷襖，從低下的面上，見出讀詩讀得興味很高，而有感動的顏色。面上微微發絳。她卻始終不向我們談話。藝如聽她讀出這兩句不知出自何人的古詩來，便笑道：

「罷了，罷了，我們這個屋子裡，有的是政論家，方自舌辯滔滔地不了，又添上一個清靜無為的女詩人了。薇哥，你不常到我們家裡，你看熱鬧不呵！你總該自己也快樂點呵！不要只是一天天像心裡有些懸決的問題一般地沉悶！你看我吧，有個政論家作哥哥，又有個女詩人作小妹妹，索性明天起首——不，後天呢，明天是假日——便書也不讀，也再不想什麼女子獨立了。我要專作政論家的妹子，與女詩人的姊姊。薇哥，你以為好不好呢？……」她滑稽而迅利地說完，全屋子的人都開始互相看著笑了起來。這正是個快樂的時間呵！然而在半空中，迅閃地射出了幾道電光，即時殷殷地有了雷聲，而窗外的雨聲，並不是先時那樣一點一滴地從容落了。驟然添了許多大的聲浪，聽見石階下的水道，如同瀑布一般的響。室中的人語，也有些聽不清了。正自讀詩的霞如，卻抱了書本，跑到她姊姊的懷中去。

於是室中的四個人，重行沉默起來。共在窗下，用互視的眼光，來聽破空的雷聲。

秋天的雷聲，自然不能長久響的，不過有十分鐘的工夫。大的陣雨停止了，雷聲也自空中遠遠地走去。這時只聽到門外石階下水聲汩汩地流響。

大家的談鋒，也重行續起。

最先反是藝如，以她那疲倦的左手，將額上蓬髮攏了一攏，面上冷冷地似是記起什麼心事來一般的，緩緩地說：

「我們還是比較有幸福而沒被人忘卻的——雖然是就是我們幾個人，一室中的笑語，正是歷千萬劫中，不必更能得到的。人的孤寂與冷落，是最可怕的！況且是在這等慘澹的天氣裡。我方才聽過雷聲引起恐怖的心思，使我記起一個人來，哥哥，……你不記得我小時的同學吳鏡涵嗎？……」

「吳，……什麼名字？我實在記不得，是不是你在縣裡高等小學讀書時的朋友呵？」她哥哥彷彿要竭力回思，卻記不清楚地反問。

「是呵，你不記得她常好穿一種茜色薄羅衣服，在夏天裡，同著我到後園中去捉促促嗎？她身體還很高，其實她比我還大一歲。……」

藝如還沒說完，她哥哥忽然醒悟般道：「對呀，我那時老是記著每年暑假從外面回家早些，你們小學裡都沒放假，那些小姑娘們常來找你玩。我於今記起了一個，好穿茜色衫子的——只有她一個穿的，不是黑而多的一把頭髮，眼睛很大，嘴唇的左邊有紅色的痣子的？……她不是叫什麼鏡涵嗎？我似記得。……」

藝如微微地笑了。「虧得你不記得，連人家嘴上的痣子還記得這樣清楚，也不曉得你怎麼瞧見的。」

她笑了，我也笑了，倚在她身側的霞如也天真爛漫地隨著我們向她的哥哥抿嘴。他便連笑帶說地急急分辯道：「不是的，不是的，我自然有個道理呵。那時我比你們大了有十多歲，你們一起八九個女孩子在家裡常常捉迷藏，然而公舉出我來作蒙布在每人眼上的差使。藝如——是不是你出的主意？恐怕你們自己不公平呵。難道我在矇眼布的時候，我的眼又不瞎，還看不見嗎？……看不見嗎？」

於是大家更笑了一陣，然後藝如便慨嘆道地：

「她真是第一個好女子，自從三四年的同學分散以後，直到去年的春天，我才能再見她。算計時間的分隔，已經是六年多了！你記得她那時是十五歲，……但時間是最會撥弄人生的命運的東西，一個人的命運，有時也可以說是注定的呵。她現在不過是個為境遇造成的小學教員罷了，其實她的才氣、聰明，都比當時的小同學高出一倍。然而誰能反抗呢！……在安樂的家庭裡，在這樣淒風冷雨的黃昏後，我更能記起她來！……薇哥，關於她的事，你多少知道一點吧。」她說著淒然地向我看。

我簡直茫然了，連她的哥哥還不知道的那位密司是怎樣，我又何曾知道一點呢。我方要答覆她，她卻道：

「你不記得去年夏天，我們幾個人趁一天的閒工夫，跑到翠微峰下去旅行。我妹妹，還有幾位一同去的，在山徑旁邊，一棵大可合抱的松樹底下，曾遇見一個女子，領著兩個藍布衣服的女孩子，抱著些石竹花嗎？她面色很黃瘦，曾跟我說了一些話，……但你們卻在前面已經走了一段路了。……」

唉！我被她一提，那個青松之下的印象，突然回復到我的記憶裡。是的，高高的身材，黃黃的面色，而映著瑩白的皮膚，秀朗的眉痕，罩在含有詩意的雙目上，那個女子啊，誰知她就是藝如口中的鏡涵。我便道：

「匆匆地遇見，你後來不過對我們說她是左近山村中小學教員罷了，誰又知道她是什麼鏡涵。」

最小的霞如突然將幼稚的面龐抬起，向她的姊姊道：「她是不是教學生讀國文的？」

藝如點頭道，「她是擔任國文課的。……薇哥埋怨不曾多知道關於她的事，我當時因為許久沒見她了，在松蔭下，說了許多話，哪裡再有心緒去給你們介紹。可是自從那回，我又見過她一回，而且常常通訊，所以我每逢著易感動的時候，總忘不了她。其實呢，她真不愧為一個在亂如麻絲的人間被認識的一個；然而她竟被人間來遺棄；她竟被命運將她陷下了！……」她沒有說完，眼中暈泛起來，用手將頭托起，將要盡情一哭的樣子，向著牆上一幅近人摹畫的風雨歸舟圖，痴痴望著。

除了她，我們更是隨同她痴望著，沒有一個說話的。也許在這一剎那中，都將沉默的不可知的同情，流注在各人的心中呵！

末後，還是她那年老的哥哥，忍不住了，便催促藝如道：

「到底是怎麼的一樁事？引起你多大的感慨來，你要說出來我們也可以明白的。」

我心裡早有這個同一的請求，只是還沒有說得出。

藝如點了點頭，又向那幅風雨歸舟圖望了一眼，她才在微微的風雨聲中，告訴那位青年女子的略史。

「薇哥你記得那天我們同行在山徑中，小妹妹的額髮上的汗珠，一滴一滴的，不住用手帕去擦。那真個煩熱的天氣，我想她年紀小些，走不動了，僱了匹驢子，她又不敢騎，我正著急的了不得。……」

我同活潑的小姑娘霞如，都不禁笑了起來，當我們記起那天又累又熱的狀況來。藝如接著道：

「好容易在一所古寺前休息了一會，你們大家不是都願早早地跑上翠薇峰頂喝茶去。那正是緣遇的湊巧呀！轉了幾條崎嶇滿生了青草的小道，便在道旁的青松下遇見她，同她的學生從斜面山坡上走過來。我一見她，面色改了，服裝改了，並且因為多年不知訊息的故人，在我心頭上已忘卻了一半，所以驟然的相逢，我不敢喊她。其實呢，我直接沒有想到是她呢。不料她聽著我叫霞妹的聲音，她便遲疑地叫了一聲『藝如』，僅僅用這麼不經意的兩個字罷了，把我六七年前藏在腦中的記憶，在迅忽中的一霎，突然喚回。……及至我同她握手談話的時候，你們等不得，早從斜道轉上山坡了。……她從前是多麼美麗與活潑呵，那時我們同在鄉里女子小學中的時候，誰不稱讚她的面貌，與舉止的大方呵。不過六年多不見罷了！我在這裡可以先將她與我臨別時她的景況告訴與你們。她在五六歲時，她父親為了販運糧米墮在大沽口外的黃海風濤中死了。她母親卻是個耶教的信徒。後來因為悲傷她的父親的死，只餘下這樣的一個女孩子，便對於宗教生活，更嚴肅而純一些。這自然是環境與命運支配她到這條路上去。她的母親在教會的學校中教國文，非常的刻苦。因為家中日用的困難，便在她叔叔的房子裡住著。像這些瑣事，薇哥住得遠是不知道，哥哥該記得些吧。」

「不甚清楚，我自小隨了父親在外邊，所以對於家鄉中鄰人的情形，是知道的有限呵。」他這樣地說。

「那也是的，我還記得她的母親，是憂鬱而惠和的，常常將我們招呼到她家的小院子裡去吃糖果，雖是她是沒有好多餘錢的。當她在小學校即將卒業的那年春天，說來令人心都為之抖顫呢！她母親竟於那時死了！」

「唉！這也是不足深怪的，一個青年喪夫的婦人的生活，還不是容易中病嗎？況且她家更是在叔叔家下寄住，一個人任使心胸怎樣寬大些，怎樣的看得開一切的事，不過說到這些上面，……總之，自此以後可憐如玫瑰初苞般的美麗的鏡涵，竟成了個孤兒了！她那時正是十五歲了，悲戚與憂傷的如何，也不必說。後來聽她告訴我說，叔叔待她還好，並且打算將她母親葬埋之後，還允資助使她讀書。這自然是她叔叔應該負的責任呵，但在無所倚仗的鏡涵，便不能不十二分的感激了！」

「卒業之後，父親便把我們帶出來住，鏡涵送我走的時候，我們也不知有怎樣悲酸的感觸！兩個人偷偷跑在學校園裡的榛樹底下，抱著哭了一場。她還送了我一朵親手製成的紙花，放在我自己用的小藤篋中，直到現在，還在那裡呢。你們想，我們眼看著同時遊玩的園中，同時研讀的書本兒，自五六歲每天不離的小朋友，居然竟有分別的一日，是多大的打擊呵！」

「後來，我們還常常通訊，我有時將在大地方見到的好玩好吃的東西，想法子買來，請母親寄與她。她也常常來信。在第一年中，那薄而粗紙製成的信封上面，每回來到，總印有蓮塘地方的郵局鈐記。我便喜歡得忘了吃飯！有時也因為她信中的哀感，使我不願吃飯了！」

「不過第二年的春天以後，便再也不能得到她的一封信了！我雖然連連地去信與她，終究沒有迴音。後來遇見由故鄉中來的人的傳言，說她彷彿因為他叔叔，隨了一個親戚到外省去作書記，便挈眷而去。但在什麼地方，自然是沒曾知道，不過這個事太過分恍惚了，怎麼她並沒曾給我一點的訊息？……後來我才曉得她從別處寄我信的時候，那時我家又到別的地方去，因此便阻絕了訊息。」

「這樣的無形的間隔，直到去年的夏日在青松之下難以獲得的重逢，我才明白了一切。哦！在同時呵，也給予我以綿渺而深思的憤慨！當時我們並肩立著，煩熱的南風，吹著松針慢慢地響，雖有熱烈蒸人的日光，然而我覺得她的心，完全如同安放在冰窟中的慘冷。那是個熱的天氣，你們都該記得呵。我用顫顫的手指，按住她的手時，她手尖都冷冷的，不出一點汗。同時她還不住地咳嗽。……」

「人間何曾有真實的快樂，而悲感的暗影，卻時時好向人的身心襲來，而且加以猛烈的攻擊。不幸的遺棄者，在那謖謖的松聲之下，我雖含了滿眶的熱淚，卻也再沒有更好的言語，能以去安慰她！——自然是真實的安慰呵！……」

「她自從隨了她叔叔往宿遷去後的歷史，簡單說罷，後來的幾年，她的慘淡生活，是由於她的性情將她來誤了！然而一個人，為什麼不准要有自由的意志呵？……無論什麼事，為什麼只准向威權方面低頭呢？咳！她到這步的景況，是喪失了她的活力，而被壓伏在過於矯崇的新的偶像之下。」

她這句話，令人陡添了一層疑雲，不能明瞭她言語的主旨。但是她不等得我們質問，又接著解釋道：

「這句話，自然不容易明白的。不過我實在沒有更妥當的言語，來作她的失卻生命的原因的形容詞。她在那天跟我說的：『我到現在，既不怨人，也不怨命運，已經是這樣了，有什麼可說。不過每當燈昏風起的時候，伏在枕頭上，想起我的母親來，縱使一夜不眠，將淚哭乾了，也還情願！因為獨有這麼樣，還是能使我悠悠的心，得有個著落的地方。除此以外，你現在替我想想，更有什麼法子與地方，能以安置我的破碎的心？……』你們想呵，誰是愛憂傷的？誰是愛哭泣的？像這等令人感泣，與她那純潔的精神，可憐的生活，不是她自己，誰能摹想得到！……」

「原來她自從隨了叔叔嬸嬸到宿遷去後，她便在那個地方，一起住了三年。她後來自修的工夫很好，便擔任那裡的女子小學校的功課，還另外給一個家庭中作教師。……我不是說過嗎？什麼事都是湊泊成的，偏偏她又有一種甜適與順遂的境遇，在那縣立中學裡，認識了一位英文教員，他就是那縣城中的人，家境還過得去。他們怎麼戀愛的經過，誰曾曉得。不過後來居然得了她叔叔的許可，結成婚約。以她那麼孤苦的人，有個青年能以豐潔與純摯的愛情輸與她，自然使她可以傲視一切，而且滿意的。她曾說：『在當時，我所見所聞的事物，以及所教的課目，所讀的書籍，幾乎無處沒有一個親愛的笑容對待我。』也許一時的快樂太過了，而結果使人卻再不會想到。……定了婚約，沒有三個月，那位青年教員，因為傳染了流行感冒性的病症而死了！……」

「死了呵！」霞如驚疑地問。我在同時，覺得心中受了一個有力的打擊！

藝如淒淒地將嘴唇吻在霞如的頭髮上道：「可不是呵！這是個冰彈呵！足以打破她那脆弱而柔嫩的心了！不過這還是悲哭的第一幕罷了。她曾說，聽到這個訊息的那天早上，她正為了這病人在躊躇，想著要去看護他，而事實上究竟恐怕難於辦到。那一夜中，她何嘗能以安睡？天還沒有明亮的時候，她便在窗外一棵銀杏的下面徘徊地走了半個鐘頭。然而沒曾想到這三天的病，便到了死的界限上去。……後來，在初出日光之下，有人來送信的時候，她還記得她的鬢髮上面，被朝露溼得潤潤的呢。」

「自從這事發生之後，什麼事也算完了。這樣甜美而順遂的初戀，一變而成為落下的暗幕，帶了壞命運的警告來給她了。她的平常的性質，已經是因遺傳與環境的關係，而成為容易憂鬱的。及至她的愛人死去，她差不多對於全個世界上如告總別離了！她那時曾想到，除了我還是與她自童年相識的友人之外，再沒有或者能以記得起她的一個！她同那位青年可以說得是再不能重行遇到的偶侶。然而人間的一時的生死，便留下了無窮悲慘的塵影。她因此病了幾個月，她曾跟我說，她也不希望再有生活的勇力，而且也不須了！一個人活著，應是快樂與趣味的，她那時對於這兩層人生的要件上，可說沒得一件。使她不遇到這位已死的青年，她可以在無聊的生活中，一天一天地過下去，好消磨青春的光陰。但人的情思，譬如水上的微波一般，只要是沒有風吹動，也就平平的，若使有一波的吹動，而好好的綠水，便橫起無量的波紋了。她經過一度濃如醇酒，而且是苦況差不多的戀愛，她要不病恐怕是不能的。她這樣在病中過了些日子，自己什麼念頭都沒有了，只是每天含著淚痕，看窗上的日影。……」

「那麼，這似乎關於她一身的婚約，可以作一個段落了。然而奇怪而不近人情的事，在或一方，可以說是應當的事，竟要逼迫她去承受。這全是由於她的叔叔的緣故，他不是很壞的人，而且從幾年前就撫養她，也可證明了。他說是在宿遷縣中，有位從日本回國的學生，妻子死了，曾見過她，又知道她的未婚夫已死去，便想到要同她結婚。本來這是沒有什麼不可的，即是她已結婚，夫死再嫁，在現在的時代，也不能說不對的。而且無論如何，這是個人的意志的自由。她的叔叔眼看著如花般的姪女，每日裡哭泣生病，便急想同那位回國的學生定了婚約，好使得她到一個新生活的境界中去。這原是好意呵，而且難得不是頑固而守舊禮教的叔叔的體貼。……然而思想兩個字，究竟是難於解釋，若更加上由深懇情感中所產出的思想，便不能以常情去批度她了。她叔叔以為她對於一切新的事，向來都是贊同的，她也曾對於舊制度禮教作攻擊的，便將這個意念向她說，哪知她的有生力的心，全個都被墓中人帶了去了。她早已不想在人間，更去掘發出快樂的源泉來。她並不是強迫的，受因襲的禮教的束縛，但她覺得在那時，她的身心已經不是她的了。也或者在他人所不見的時候她早已同她的愛人的靈魂合在一起了。她聽了叔叔的勸言以後，什麼話也無力再說，只是哭暈了。……糊塗而堅執的叔叔，還以為她對此事，並沒有十分反對之意，又以為處處代她計算——為她將來的幸福計算，總可以盡卻一個長輩的責任。況且更能表示出他不是如同舊人般的迂頑，取那種未嫁守貞的已經死了的禮教，因此卻害了她終身的快樂！然而人間的各種事情，都不能只是一方的呵。人們的情感之流，只要是有所傾向，那麼任管什麼，都束縛不住的。至於拿一般認為正理的去責備去，一句話呵，隔膜的人間，終是如此，更有什麼解釋呢。」

「鏡涵在那時，全個心上，哪裡還可有其他的希望與思想存在。悲哀，不可明言的悲哀，已經將她久經破碎而嫩弱的心充滿了，鎖住了，況且是對於她的死去的愛人的悲戀，正在使她幾乎死也折償不過她的最初的願望來。若在此時，縱使說得怎麼合乎正義，以及用怎樣有力的誘引，教她去變更了戀愛的對象，哪能做到呢。然而因此，卻使她叔叔煩惱，而用強力的手段了。他以為這不過是小孩子一時的執拗罷了，一時的淚止了，情感之火息了，自然而且是必定的，可以如風吹的弱葉一般，會飛到別的地方裡去。……果然，誤解是造出苦惱的源頭。……事情就這樣的誤解了，她叔叔竟以自己為最開明不過的人物，拿她作小孩般看待，便為她將新婚約來定下了。……鏡涵就因此起始算投入苦海中的第一步了。」

她哥哥聽得很出神，到這時方才如完全了解了一個困難問題般地，從留下微髭的唇上說出一個「哦！」字來。

我也在一邊點頭而微微地嘆息。

「及至鏡涵病體少好之後，她方明白這一回事，她曾哀咽地向她叔叔陳說她自己的志願。叔叔呢卻竭力勸慰她，且用新的道理去解釋，歸結總不過是為她一身的幸福。再說得遠些，即是為了她死去的父母的緣故，也不肯把這個新婚約來取消。實在對於新的道理，更解放而適於性的要求，與為人生的快樂的道理，她所知道的，比她叔叔更多，但有什麼益處呢？她是尊重而且贊同這種新道理的，且是她還為社會上盡力鼓吹過，然而已經嘗過的濃密而醇醉的戀愛的餘灰，早已燃盡在她的不能更經過激動的心裡，更沒有其他的心與閒的地方去，裝受第二個人的愛情了。她是尊重她所明白而贊同的新道理，但她更要保持一個人的戀愛的自由，與情感的難於更改的權力。……事情是這樣了，她是被慰勸與無形的強迫，把她包圍住了。因此她便孑身逃了出來。……其中的經過，自然一時也說不盡。總之此後她完全與世上的人們，更是虛飄飄地沒有親密的關係了，只有在那荒野中的墳墓。她受過怎樣的人間的冷視與無情，而不了解的棄逐，善意的隔膜的待遇，在這兩年中，她有幾次要自殺，幸被她的同事們救護過來，而且監視著她。她現在對於自殺的念頭，也比較得減少些了，這不是她沒有勇力，也不是她對於死的勇力，會能隨了時間有什麼少差。她因為現在所受的苦惱，還不足，她立誓要遇到更苦的生活，去折磨自己的身子呵。」

「她在翠微峰西偏的山村中當教員，還是得了她從前的一位女教員的助力。那日在道旁的松下，她是多麼憔悴而可憐呵！她無力地握著我的手，最痛心的，是我聽了她末後的幾句話，使我沒得言語，可以回覆了。只是覺得簇翠般的山色綠茸茸的地上，慢慢如微語的松聲，都似不應該在世上出現。覺得這個亂雜且無目的的人生，應該是冰一般的冷且堅硬的。她從乾枯而帶有青色的眼中，發出慘慘的弱光來，向我道：『我如今也再沒有思想與記憶的能力了！……總是這樣吧，多早死的訊息報到，我便安然而毫無掛慮地隨它走去！……或者，這也是我的幸福！……像你這樣的安適，且在前途上，正鋪有錦花相待的生活，我到如今，不希望，也不歆羨！……不然，又不成你是你，而我終是我呀！……噯！……這一種話聽了，比針灸著更要感得痛苦。……』」

她說得似乎沒有氣力了，眼波暈紅的向著那邊，似是未曾經心的，又看著那幅風雨歸舟圖。

忽然她又接上一句道：「那日你們都說我有什麼心事與感觸，的確呵，不過我那時，實在更沒有心緒去告訴你們呵。」

雨還是慢慢地一滴一滴地落在窗外的藤葉上，彷彿如同四圍的沉默，將這個屋子來全包住了。除了她以外，我們都沒言語，只有默默地嘆息。

聽得內室的自鳴鐘，打過十一點了，一個僕婦穿了她笨重的油鞋，打了雨傘，出來接他們姊妹到家中去。我自然也帶了沉重的心思，被一輛人力車，從滑而明的馬道上拉回。

到得自己的寓中，恰巧僕人將一卷東西遞與我。拆開一看，原是我在前幾天托一個畫中國畫的朋友，所畫的一幅橫條。他似是作的仿古的筆法吧，松陰之中，流泉之上，一個不知哪裡的高人，正在枕書而酣眠。他還在上面用小楷題了兩句舊詩是：「莫向人間揮涕淚，松陰一夢轉清涼。」

哦！又是松呵！夢呵！

奇異的聯想，又復將我喚醒。「青松呵！」「青松之下呵！」這兩句話，與在夢中一般的境地，是在我眼前恍惚地移動著。

霜痕

十月下旬的天氣，在淩晨的時候，如一層薄薄玉屑鋪成的白絨氈子，罩在每家的屋頂之上。「霜痕的瑩明與潔白，在冬日裡雖不是罕見的東西，但是能夠領略到這種冷洌中清晨的趣味的人們，也可謂是有幸福的了！在暖暖的被褥中間，爐火熊熊的紅光，逼得人全身的氣力，如同用醇酒浴過似的全行消盡，或者在枕畔嗅到熱烈的髮香做著幻美的好夢，只有沉沉地在昏睡中度過，像我在這個時候——賣報人正鵠立在印刷局門前，送牛乳人正行在道上的時候——卻踏著欲待裂口的堅地沿著河沿，數著髡了絲髮的冬柳，昂昂地又是無意味地走來，領略人家屋角上霜粒明亮的趣味。……總之，我比起他們——那些醉生夢死的人是有幸福的！……」

他想到此處，薄呢的外套，禁不住朔風的嚴威，便連打了兩個寒噤，同時身上覺得起了無數的膚慄，他藉此便咬了咬牙，索性將插在衣袋內的兩隻手，伸出來在空中交握著。但那是很明白的事，他那凍紫了的雙手，在這時候似乎沒有什麼溫暖的感覺了！

沿著窄狹的河岸，儘是連根枯乾的黃草。挾著寒威的冷風，從水上吹過來，在沉寂中，微聽得刷刷的細響。這個地方，本來偏僻，平常已少有人來往，況且在冬日的淩晨，只有對岸的高大鐘樓，矗立空中，那黑條下的白面，彷彿在太空中冷靜地微笑著呆看著無量數的事物。他將兩手在空中互動握著，驕傲而自負的思想，仍然在空虛的腦子中盤旋著。他在早上未黎明時即由床上起來，用一支禿了尖的毛筆，草草地寫了封長信寄他的朋友。他向來不與人家多通訊，且是因為與他通訊的人太少，所以郵局中輕易與他沒有來往的，不過他這封信確是急遽而非寄出不可。及至他呵凍在破紙的窗前寫好之後，忽而想起在自己的屋子以內，連半分郵票也沒有，所以微嘆了一聲，將這封待寄的長函，安放在衣袋裡，抄著因寫字凍僵的雙手，便無目的地踱了出來。

門外的景色，果然與狹巷中的寓所不同，而第一使得他愉慰的，便是淩晨的霜痕。一個一個的圓粒上，如同由玉液中提出的糖晶，有許多甜美與潔淨的感覺，立時嵌入他突突的心裡。暫時內，他忘卻了過去一切的煩憂，並且也沒冷顫的感覺；露出破布的絨鞋，踏著枯根的草地，似是去尋覓他所失去的東西。而他在這瞬間能以完全尋到的，只有在環境之下被逼出的那顆驕傲而強毅的「熱心」。

他正在冷冽的空氣中，遲回而無目的地獨行著，不提防由後面來了一輛溺桶車。車輪含著薄薄的冰稜，放出軋軋的聲音，不過他沒曾聽見。車伕是個五十餘歲的鄉下人，這時正挽著油光閃閃而露出破絮的襖袖，失了光的眼睛，幾乎一瞬不轉地由車輻中間，拚命般的向前看他自己所走的前路。不在意地衝撞，從青年的身邊擦過，寒氣凍麻了的身體那能立得住。青年的左臂一扶，而車上沒有蓋子的溺桶泛溢位來，他的薄呢的外套上已溼了一片。在突然的驚恐中，老車伕因有由經驗中得來的預想的恐怖，使得兩臂失卻平均的力量。……

於是車子倒了，黃色的髒水泛在地上，車伕也被肩絆拉倒，而青年的衣上溼痕越更加多。

不意的驚恐，是由於車伕曾經受過重大的懲戒，他吃吃地想著要說出求饒與萬分抱歉的話來，而一手扶住倒下的木桶卻沒得言語。

黃瘦的青年，目光這時發出溼暈的同情的光來，兩隻手仍互動著，在空中握住，一面笑著道：「不寂寞！……只是不寂寞呵！……任何事都有趣味……呵呵！車伕，你的工作就完成了，省卻你再走多去的路，我寂寞的過活中，有這一來，多少總有點臭味了，不……是味道總是好的，……」他說完便興奮地舉起左臂來向鼻間嗅了幾次。其實他那鼻孔似乎早被冰冷的空氣塞住了，他這時的狀態似乎狂易，又似乎居心做作，然而敗運的老車伕索索地立在一旁，卻不知如何辦法？

青年又大笑了幾聲，抬起腳步，迅速而有力量，一回兒狂嗅著衣袖上特異的味道向前走去。

沿著河沿，轉過一條較寬的巷子，正當他穿破牆角的日影，往前轉走的時候，那邊一個人對面走來，兩個幾乎沒曾撞倒。對面過來的人，立住看了一眼便喊道：

「咦！……茹素……是你嗎？看你臉上皮都凍破了，這大清早要向哪裡去？……」他穿著極講究的中國式的華旗呢外套，面上顯出驚詫的狀態來這樣說。

「呵呵！你……你……呵！蘊如……巧呵，我今天沒有空空的出來，味道，……一點味道，我嘗試過一點，雖是少些。」

蘊如素來知道他這位不幸的朋友，舉動奇怪，處處與別人不同，聽這一套話，便知不曉得從哪裡又去惹出事來。便拖住他的衣袖，用謹慎的眼光，看著他道：

「走……走，請你跟我到我家裡去，你這個人別這樣胡鬧了！弄出亂子來，你想，……怎麼辦？走，……走，我今天恰好沒有什麼事，校內又放假，我暫時不用教書，來，我們到家裡去吃酒去。」

茹素愣愣地隨了他那位懇切的朋友向前走去，半晌，他忽然笑道：「你聞一聞我左袖上是什麼味？」說時便將那隻被溺水滲透的破外套袖子擁在蘊如擦有雪花膏的鼻子上面。一陣奇臭，蘊如臉都漲紅了，忙離開他道：「你怎麼這等開玩笑……噯！你這樣瘋癲的樣子，還是教人捉到瘋人院裡去好些……。」茹素仍是交握著赤紅的雙手，在空中搖動著道：

「這是你所掛慮的事，亂子也會從這些事上鬧起，但我對於味道上，多少呵，嘗到一點。」他說著又向左袖上連嗅了幾嗅，蘊如到這時免不得笑了起來。

一間結構得嚴密的屋子，白布隔幔的後面，精銅鑲邊的爐子，火聲畢剝地正自響著。一隻明漆的茶几兩旁，短椅上正坐著蘊如與茹素。蘊如這時已很輕和地將外氅脫下掛在衣鉤上面，從衣袋內取出紙菸盒子撿出一支香菸來慢慢地吃著。茹素仍然穿了那身骯髒的衣服，坐在對面，沉默地思想，兩隻手有時還不住地在空中交握著，是取暖或是成了冬日的一種習慣，連他自己也不知道。

蘊如同茹素是自幼年時的朋友，而且同時在中學校卒業，經這幾年的變化之後，蘊如已成了大學教授，而茹素卻已變換了幾次職業，現在仍然是孑身客居，並且因了性格上，環境上的習染與迫逼，使得他同舊友蘊如相去日遠。不過他仍然知道他這位童時的朋友，對他是熱心的，並不因為職業上主張上的不同便有更改的。他們同在這個大的都會之中，並不得時常會晤，一來因為各人的事忙迫，再則茹素的行徑古怪而且祕密，雖以最能諒解的蘊如，也不大敢時常同他在一起。

但在這日冷冽的霜晨，無意中使他們得了聚話的機會。

茹素由冰冷的河沿，遷入這所溫煦而帶有春意的屋子中，在他卻也感不出什麼愉慰來。他的為人，意志堅強的力量，遠不是一般人所能及得上的。他又受過苦痛的漂泊的生活，受過社會上尖利的刺激，受過愛之空虛的打擊，他幾乎變成一個無感覺者。不過無感覺只是對於那些飢寒飽暖上說，其實他心中豐富而急切的熱感，又誰能知道？

這些話是他的幾個知道他的性格的人的議論，然在他是不知道的，不計慮的。他唯一的思想，就是在這種永久紛擾，永久黑暗，而且永久沒有什麼意味的浮生的淵泉裡，盡量地沉浮一下，盡量地多喝幾口奇臭與辣味的水。這種簡單而不知所以的思想，近來更變成他唯一的目標。除此外一切的希望、煩惱、快慰、愛戀等等的事，他全不計較，並且也再不去批評。因為他平常覺得一切事沒有什麼的，成功與失敗，生與死，愛與憎，喜與怒，這其間原沒有大分別，也並不奇怪。總是一個人愛嘗到什麼味道，便須盡量的去尋覓，去嘗試。在別人以為他是由生活的逼迫，由環境的造成，由……種種失敗以後的憤氣，看他成了一個危險的人物，然在他卻是全無成心的，全不計較的。他不知他是個造成時代的，抑或是個時代的造成者。

但他是喜歡那麼作去。他常常自由似地沒有何等目的。而別的人說他的話，他也曾不在意。

這時蘊如從巷中將他這位奇怪的朋友，領回家中，預備在爐前同他暢談，不料先聞得一袖溺氣，蘊如又笑又惱，也無可如何。

在煙氣與酒味中間，茹素卻不多言語。蘊如一手撿著日報看去，一面低頭向茹素說道：

「你老是這種樣子！我們雖不常往來，但關於你的事我全知道。你那種行為，到底如何了結？而且你孤另另地漂泊了這幾年，你難道不明白社會上的真偽？你為什麼日夜的同那些人來往？你記得你換了幾次職業？你受過多少人的譏評？你身受的困苦，設使別人，一天都忍不住。誠然，我佩服你這點毅力，我看明白你這顆赤熱的心，但又何苦來？你縱使一輩子這樣，又能生什麼效果？我們是老朋友，……我勸你早打點主意，你不知你是個危險的人物，差不多你那個假名字，在警察的耳中充滿了，左不過他們不甚知底細，能以使得你在這一時中平安過去，將來呢？……茹素。你不必看我不起，我不錯是個自私的人，照你所想；但我們有酒可飲，有爐可圍。罷罷，在這等時候，這樣的社會中，你又不是不聰明，去作那些事，白白地犧牲，可有什麼？……再一層說吧，你還記得當年我們同時在綠蒲灣一個小學校裡讀書的時候：那時，哪個親戚、朋友、同學不說你是個天才？記得你家伯父死後，伯母常常在竹籬邊跟我母親談她那苦命的悲哀，但每見我們挾了書包由白楊道中沿著灣頭走來的時候，她老人家微帶皺紋的面上就笑了，而且又跟我母說：『我如今活著不過為這點點子罷了，幸而他還有出息，將來也不枉我撫養他一場，過後果然有些上進，我死後也對得起……』噯！茹素，茹素，這場談話，分明尚在臉前，如今我們都已經快中年的人了，不要說你這樣，即使我記起伯母那樣生活，那樣壓伏住心下的悲哀來教育你，那樣沉痛的言語！……我也不能再說了。現在呢，我是最知你不過的人，自從離開學校以後，不知為了什麼我們相去日遠？你的生活，在我看來，實感到有無盡的憂慮！你倘使念到綠蒲灣外的伯母的土墳，難道你就會忘記了竹籬下的老人家的苦語？……」蘊如說到此處，便將報紙放下，嘆了一口氣，神色惘惘地由案上取過酒杯來呷了一口滾熱的花雕。

茹素聽了這位老朋友的白話，不禁地俯在案上連喝了三四杯的酒，面色頓時增加了紅暈，但他重新又將雙手交握著不言語。

蘊如又接續著道：

「我說的這些話，自問絕沒有居心挑撥老朋友悲感的意義在內，但為你自身起見，我不能不這樣說。目前我只問你一句話，你到底為什麼如此？」

茹素一腳蹬著火爐的前簷，夷然地答道：「為什麼？……怎麼講？誰曾知道。我覺得我願意，我便那樣幹去。……母親呵！唯有你曾知我……呵……」他說著久久未曾著跡的眼淚，已流了滿面，而且滴在灰色的外套上。然而立刻他又狂笑起來，一連乾了幾杯，淚痕在他那枯黃的頰上，並未曾拭去。

蘊如不曾想到他近來愈變愈奇怪得不可捉摸了，哭聲中雜以狂笑，詫異得端菜來的婢奴，都立住呆呆地向他注視。蘊如想他已是有了心疾，知道苦勸也無益處，緊皺著眉頭，望著指上縷縷的煙紋出神。

一回茹素將交握住的雙手放下，從衣袋中取出今晨所寫的厚函來，索性將封皮撕去，低頭看了半晌，猛然地念道：

「我生是浮塵，但浮塵須在光與氣中游泳，……動的生活，是人間唯一的原力。只求其動罷了，更何必管它是點在浮泛的萍花之上，或是黏附在柳花的中間。……本是孤另另的，更何需人來憐我，只是弱者才有受人痛惜的資格。我想誰也是遊戲，遊戲即動，只是靈魂的冒險，不能嘗到人生的真味。無感覺最好，不得已也要有一種任何感覺的提示。有天我看見園內的小孩子在綠桐蔭下盪著鞦韆，我想這是兒童的動呵，我已覺得替他滿足了；不料他盪得高興，從鞦韆架上跌了下來，頓時盡情地號哭。……這樣，我更替他滿足。……不論什麼事，有變化就好。有情感盡量可揮發的時候與處所，終勝過那平庸的生活。……」

他讀到此處，用力地看了蘊如一眼，蘊如用手托住右腮默默地不做聲，他臉上卻現出快樂的顏色來，更往下讀去：

「猶憶昔年讀莊氏之書曰：『意者其有機緘而不得已邪？其運轉而不能自止邪？』不能自已與不能自止，呵呵！這正是順乎天而應乎人，一句時代的話，就是盡其本能。

我近來靈魂之冒險——這自然是借字來形容的，固自由活動於我的意識界內，而同時身體上接觸著外界的風波給予我的一時的快感，也可使得我麻木的心上有點『動』。古人求其心之不動，但我為動，才來擾攪起我生活的瀾。……呵呵！只要動罷了！……但你知道，我並非要立奇的人……」

他得意似的又像是帶有感傷的情調似的，一手搖動著手中的毛紙短籤，臉朝著前面的綠色的窗格，說著這些話。他的狀態，似乎並不是為答覆他的朋友的質問與勸解，只是向著無限的空處，申訴他的情願。

在這片刻中，恰巧一隻白毛尾部帶有黑斑的小貓，咪咪地從軟簾外竄進來，它不知挑選擇地跳上茶案，順著急遽的姿勢，用後爪將一碗雨前茶碰倒，流了滿案的茶汁。即時在軟簾外跟進一隻捲毛的黃狗過來，帶著凶厲與尋求的目光，兩隻前爪撲在地下，幾乎也要竄上案去的一般。主人在椅上不能安坐了，從屋角中提過橡木手杖，趕去上了衣架的小貓，回頭來又去追那條黃狗，同時又喊著定兒定兒的喊聲，同時貓叫的咪聲，狗尾的搖動，手杖碰在地上的響聲，主人口中憤憤的叱聲，攪成一片。而婢女定兒從後堂急促地跑入，無意地又撞到主人的膝骨上去。

短促的一瞬間，安然的屋子裡成了演電影般的景象，貓從窗子跳出，黃狗垂了尾巴，掃拭著臀部的傷痕，默默地走出，主人將手杖丟在地板上，揉著膝部，定兒臉上肅然，立在旁邊，一步也沒曾多走。

破空而起的狂笑聲，從如銀幕的幻夢上喚起人的注意，原來茹素在得意的歡笑，一面點頭道：「動呵！……這還不有趣些，破了皮血，流出紫色而明亮的血，喊出呼嚗的痛聲，好些好些，總比死沉在爐火旁邊。……呵呵！」

蘊如懊喪地坐下，瞪了十三四歲的定兒一眼，她將兩手插在短布襖的裡面，悃悃然地走出，但放下軟簾時，分外放得輕緩。

蘊如暫時不說話，茹素在一邊慢慢地將那封長信疊起，重複裝入封內，送進已破了口的衣袋中去。

彷彿膝骨已沒有了繼續著微感的可能了，他——蘊如又重現出莊嚴而含有責備，期望的表情來向茹素說：

「你的那些怪話，我再用心也不明白，你的那種使人猜疑與迷惑的樣子，一輩子我總不敢相信。你總不在什麼時候說什麼樣的話，老是如此。我如今還同你說什麼？……

但是我看你一樣是從強項之中，帶幾分勉強的態度，你吃的困難，可不是以此為最大原因？你分明是含了淚珠兒來說笑話；捧了被嚙噬的心放在火焰之上。這樣生活的表面之下，明明有溫軟的絨地，有花朵的芬香，有醇酒的沉醉，有無數的仙人的跳舞與歌唱，不過他們只待你自己去發現。況且你以那麼高出的才氣，要何施不可？偏偏要去受痛苦的包圍，作奴役的生活，時時同了那一般窮無聊賴的人去幹那種為人——受人迫脅與指使的勾當，他們自然有他們的目的，但你卻為什麼？」

茹素淡然地苦笑道：「為什麼？你要為什麼？你為什麼成了現在的這樣？」

「你們會嘲笑我的，會不以我為然；會說我是沒有志氣的為衣食打計劃的人，不過我自有我的目的。……」

「你有目的，……我向來沒有什麼！……目的只懸在下不過幾分的睫毛之下罷了！……唉！我也笨到十二分了！」

談了半晌，鬧出一出滑稽的活劇之後，蘊如才知道他那位不幸而帶有半瘋狂的老朋友，到了現在的地步，不料卻是沒有什麼目的的人。這足以使他出於意外了，於是他便更逼近一步問道：

「無論你有何等的祕密，我敢以平生的交誼作保證，不會替你破露，你又何苦故意推諉，瞞著我來。」

這句話有點激怒茹素了，他立刻從胸前的內衣裡，掏出一枚三角紅色的鐵質徽章，一柄三尖形長有一尺的雪亮而窄刃的手刺刀出來，放在被茶汁漬透了的桌布上面。並且從熱切與飢餓般的眼光中，射發出證明的火念，逼迫著他那隔閡的朋友來撿取證明。

驟然的恐怖，使得蘊如心上卜卜地跳起，同時感到右手有些麻木，脈搏如同將血管阻塞住地急促。——也許他拿過沉重的手杖追打貓與黃狗的事——而同時他一眼瞥見，早已看到 **R.F.** 兩個字母交結在發出晶亮的鐵質徽章的中間。由這兩個字母聯想起的恐怖，立刻他覺得如墜在冰冷的冰淵裡，從足踵上的筋抽搐著一直達到脊椎骨的上端，而被酒力薰浸過的腦子，頓時也感到清醒。一切聞到與看見過的恐怖的事，如看見過的普法爭戰的畫片一樣，現在眼前。一年前曾從報紙上知道「紅花」二字的特異的標記，沒有過去三個月，他便記得兩樁殺人的新聞，而且都在殺人的地方留下 **R.F.** 二字的鐵質章在被殺的身旁。記得T地的警察長在某處被人暗算的時候，他正帶了銀行科的學生去參觀那處各種會社及交易所的組織。他走訪一個外國朋友，回來的時候，沿著赤日下有榆蔭的馬路上，正看見若干騎士與一些便衣的警察及醫院裡的人，抬簇著一個血色殷漬溼透了白色絨被的半死的身體，從他一邊走過。第二天報紙上便拍照出來說是「紅花」又實行找地方來培植種子了，那時 **R. F.** 的特別用名，作「紅花」的隱謎，已經為一般智識階級中的人談話的資料了。而當時他見過那種光景之後，在旅館中一夜沒曾安睡。這時思想上一時的回憶，又親眼看得案上帶有 **R. F.** 二字的特異的如炸藥般的毒物，由茹素的懷中掏出放在案上，況且那晶亮如在嘲笑弱者的三尖形的刺刀，更足證明「紅花」二字的威權。因為他知道那時社會中的談資，都以三尖形的傷痕與「紅花」兩字並作一次說，這分明為每有牽涉「紅花」二字的刺殺案出現，大多數都有三尖形的傷口。「他們大多數用刀，這是他們顯本事的地方，……」或是「他們總喜歡見血，親眼看見血光從被殺的身體上冒出，這非有刀傷是作不到的事。」像這類的談話，往往在茶肆，與俱樂部的低聲談話中聽得到。這種種印象如蠆蟲釘咬的不安與不知所可的打擊，一會兒直向蘊如的皮膚外層的纖維中鑽來。

實在危險的想像，竟出乎他原來的意想之外。

一時室中沒得聲音，只有爐火在爐中畢剝地響著。

茹素臉上浮現出慘淡的苦笑，用紫色硬腫的手指，指著蘊如的肩頭道：「你以為太吃嚇了，不要怕！這是平常的事，也是平常的器具，在我看來，如小孩子玩著陀螺一樣。他們的目的，在得到遊戲的興趣的滿足，無論誰，自然也是如此。你烤著這樣……這樣熱的爐火，在屋子裡讀小說，或是調弄著嬰孩，看他牙牙地學語，是興趣的滿足，我也是如此。即使戰士在深壕裡，蹲立於沒踝的泥水中，望著空中的星光，擦著槍上的刺刀，而一邊彈子如雨點的落下，眼看著同伍的夥伴，臥在地上，吐湧著鮮血，一樣的，當時他也有其複雜的興趣的滿足。……人們不能作同一的人。就像爐中的煤塊，沒有兩塊有同樣的角度一樣。……蘊如，你那番言語，不用你說，我何曾忘卻！綠蒲灣外竹籬下的影子，如現在眼前。但為了我母親那樣的期望我，作了官吏，當了大學教授，是可以使得她的靈魂歡喜，即使這樣，我究竟得到了興趣的滿足，無論如何，她的兒子生在世界上，不曾感得到肉體上的損傷，與精神上的不滿足，而且多少嘗到一種熱烈的奇怪的味道，……可更何所求？我喜歡『紅的花』開遍了全世界，我就去隨意地去撒種。我喜歡黃狗撲捉貓的事，我便努力去造成它。至於我是否為紅的花下面的灑血的土壤，或者是小貓被黃狗捉去，沒有關係。真的，……我只過我的生活；我只從沉死的世界中去找到我的生活！……『乘彼白雲，返回帝鄉』，我的帝鄉，即在我泥黏的足下踏破了，我還去希望什麼白雲的來臨！我只看見血一般的虹光，斜在天際。呵呵！你……你抖顫了嗎？我不願將這等虛空的恐怖，給予另一個尋求別種興趣的人身上。好了，或者門外的霜痕還沒有消盡吧。……」

他說到這裡，便將刺刀，徽章，很安然地如同放手巾在袋中似的裝了進去。一手將長髮拂了一拂。蘊如猛地立起，顫顫地拉了他那隻左手，語音有點吃力了。

「我……我說不……出什麼來，我一時有點麻木了，也或者吃酒吃得多些。你要到哪裡去？……衣袖上的溼溺，趁此時可以脫了下來喊他們烘乾再去吧！」他分明有點說話不自然了。茹素搖了搖頭，將被溺水沾溼的袖子重行舉起，嗅了一嗅，夷然地答道：「不須！」只此兩個字的重量，使得蘊如幾乎覺得剛才放在案上刺刀的亮鋒，已經透入皮膚似的冰冷而且爽利。

末後蘊如到底拼出一句久存在心中的話來道：「你畢竟要向哪裡去？」

茹素悄然道：「去著門外屋上的霜痕！」

這場談話就此終結，兩個人都似各抱了一層要分離——遠的隔閡的分離的心握手了。不過茹素的手仍然冰硬，而蘊如的確在手指上不能用力了。

最後茹素將出門時，忽地立住又問蘊如要了幾分郵花貼在那封長函上，重行黏好，便微笑道：「機會，幸得你的助力，假使這封信發出後有何效果，……」蘊如臉上有點蒼白，吃吃道地：「有關……嗎？」

茹素道：「我後面的字，讀出來時，恐怕你今天要挨餓了。」他說完這句話後，並不抬頭看看蘊如狐疑而惶恐的面色，竟自踱了出去。

他仍是沿著河沿，向來的方向走去。這時枯柳枝上，人家的屋頂上，霜痕被初出的日光消化得不多了，而他的面上，卻平添了些霜痕似的東西。

衝突

一個藍地白花的古瓷瓶中，雜插了些小蕚的丁香，垂著淡白蓓蕾的櫻花，嬌麗如十三四歲女孩子粉頰一般的榆葉梅，繽紛相映，遮掩了扶疏的嫩枝。在明窗的白羅紋的窗簾下，她們似乎互相凝視地微笑了。

他將清晨的工作，一氣趕完，稍微覺得神思清輕了些，只有些紙角墨痕，尚留在案上。他也不願意再去收拾了，緊迫地煩忙過後，便覺得軟軟地倦意又來攻襲了。窗外鳥聲散碎，更添上催人慾睡的意態。猛然地由鏡中看見雜插的花光，他不禁覺得精神爽然，由疲憊中喚回。

當前比較著尚是幽閒的境地，使他記起舊日隨口湊的一句詩來，他喃喃地唸著：

花光人面相映愈嬌麗，
世界上不可一日無花；——
更不可一日少了女郎們的笑顏呵。

這時他的思想的傾向，顯明地與作詩時有歧趨的傾向了。他在第二遍低聲重讀這句詩時，只讀到「世界上不可一日無花……」便中止了，或者是為現實的境界，將虛空的其他念慮驟然打斷。當此三月的上午溫煦而怡靡的天氣裡，風止了言語，日光柔和地照臨著萬物，這片刻的享受，他雖不是詩人，卻感到滿足的快感。於是思想之流的斜轉，便使他記起前幾日譯《叔本華哲學》時，中間有幾句話是：「過去者已逝，未來者不可知，只有現在呢。」他咀嚼著「現在」的意味，他的綿渺的遐想，便越引越長至於飄渺無際。

正自在舒服的安樂椅上，經營著現在的夢境，而劃分開夢境叢中所留下的碎痕。忽地傭人推門進來，遞過了一束郵件，丟在案上，照例的沒有一句話，穿著破皮鞋梯拖梯拖地走出。

他是平日習慣於每天拆閱外來的郵件的，這時的心思雖沒繫屬在這上面，但這卻像一定習慣的壓力，使得他不能不暫將清幽的思想打斷。他便從案頭上取過那把攢鋼的小刀來，一手從容地將郵件撿起，除了一份報紙以外，還有兩封信。在上面的一封，是淡綠色的洋紙封皮，用胭脂色的墨水寫的，下面有行小字是英昌由西湖寄。他自然一見這個裊娜的字跡，與用有色墨水的特別記號，他便知道是他那位友人了。他一面拆開封口，心裡卻笑著想這又是一封美術式的書翰了。他其實並不驚異。信封拆開，卻從裡面抽出一張數層摺疊的布紋洋紙花箋來。他便兩手展開往下讀去：——

劍君吾友：西子湖中的一夜春雨，我乃得此良機，寄此函與你。此時朝雨猶零，四山遙集的淡霧，似都向我的寓樓包圍著。遠處濛濛看不清湖畔停棹的船隻，只有穿破柳絲的燕子飛來飛去。……

他看到這裡不禁微笑了，又往下讀去是：

本擬昨晚即想致書與你，但雨聲碎咽，使我不能執筆。推窗四望，四圍黑魆魆地，只有湖上的兩三燈火發射出薄光來遙遙相映。小坐窗前靜極，不欲有他務擾我心神，直至深夜雨止，方才歸寢。方黎明時，又被雛鶯啼聲覺醒，於是西子淡妝，現於我的眼底。

劍君，你以百忙之人，不得恆來領受此天然的清趣，其失甚大。我一生閒適，不願共他人在都市作紛亂擾攘的競爭。我自幼年恆好獨坐海濱，夜宿古寺，以為唯有這樣我們方可在大宇宙中少少受領得有限的意趣。「百年旦暮」，更何必自促其生日為他人作傀儡的競爭？將全神注定此泛泛的人生，曾得過何等報施？反不如徜徉於靜默無言的大自然中，尚可以有膜拜謳歌的安閒之趣。一切的行為，必在此等意境中產出，方為真實。我心醉在自然的醞釀之中，不願他逝。你知我亦曾在一時期研究倫理，力治哲學，實在呵，由這些深晦強解，反覆譬喻中所給予我們的「真理」的指導，只是「勉強」罷了，天真的滴沒罷了。原來活潑潑地心靈的願欲，何嘗是在此中曾植得一些種子呢？世人都穿了黯淡的紗衣，在冥途中躑躅衝撞，其途多歧，幻光迷離，他們從哪裡去找得到照靈魂的燭支呢？問題愈解而愈紛，人生慾望愈高而礁石愈多而鋒利，破船終有破的一日呵。……

這些話愈說愈遠了，但言為心聲，聲非耳可得聞，又怎能從筆尖上曲曲傳出？

我自從文科卒業以後，世人責我，朋友笑我，然我自有我的樂園。——不，是我的造像吧，我何誤世界？世界又何曾有絲毫分予？我且自徜徉且自領受。

我以為愛無從起，憎亦無從起，譬如我所愛的，或為你所憎。你所憎的，或為我所愛。人口嘵嘵，只不過好多添畫線之痕罷了。其實銀灰色的線痕都在光明的月色下消失了。造像的意念不同，造像的手術不同，妄生分別，又何嘗見得出線痕上的點積來？又何嘗見得出點積中的微而又微的分體來？

他讀到這裡，方才愉怡的神色，漸漸變化起來，眉頭微微皺起，彷彿正自思考著信中的微旨。但他不肯不一氣讀下：

我戀愛自然，是為的自然可以化我融消我的一切的意志。在如拖了碧練的湖波上，在如奏著清音的鳥歌中，在四山輕漾如綿一般的浮雲裡，在晨日的淡金光的躍動時，在晚霞燦爛罩住發光輝的葉影時，我便拋棄了我的狂熱，心中清淡淡地不知其他。一切煩惱，捐棄；一切慾望，排除；一切一切的心頭的渣滓，都如在秋江中濯過的清潔；只有偉大的自然與我相遇，相悅，而不留下一絲毫的罅隙。劍君，我所讚美的不過如此罷了！我不敢鄙棄人間，我不忍輕視人生；我不須嫉妒，不必憤氣；我的生性的適合融解，只在此狹小的世界——自然也可以說在浩渺無涯的世界之內。……

他看到這句覺得信的背面，彷彿有不盡的熱力，在那裡向他跳動。他覺得一個異樣而曾經與他熟諗的人立在身側。瘦長的身軀，淡而秀美的眉下一雙澄潔的目光，常似將一切物象的外體與內祕攝取著，白色的面皮，沒有一點的傖俗氣。立時這個面貌在紙上似乎是淡淡地映現著。他將精神稍為凝住，便重複讀下：

我不願談哲學，我永不信從世界內有何真理？人們只是牽引促迫互相為娛呢。有什麼目的？果使達到，也不過向大氣中盲捉吹散的花痕罷了！我不信社會是如何如何結構的；我不知人生是有如何如何的意義的；山雨落了，羊兒便歸去，山日出了，羊兒便食草去，細流的清泉，終不能留住遊魚兒呵！人間，……人生，正復如此。

烏雲沉沉壓緊了我的寓樓的竹簷，微風動竹，似撞響了碎玉，其音清越，使我停筆多時。想你在凌亂匆忙中，會景有心，終怕未必能得此微妙的領受。昔日同校時，我常常將此等話向你長談，你今尚將昔日的話痕留有幾分在你的腦際否？我今一無念慮，老母健在，我妻能侍候慰安，且有一子才能學步，我除此外更別無可縈懷，也有，只不過流雲樣的夢跡，常覺繞附於耳目罷了。或者我一生就止如此，然我意已足，更何勞苦向人間頓足衝擊，或作哀求諷嘲的聲音呢！……雖然免不得受世人的笑罵。……

修竹高過了樓簷，蔓草的花蕾伏開在地，高下又從何差別呵？朋友，再談吧，遠遠的黛痕展開了眉宇，我不得不將空虛的心張開去迎他了。

英昌書於西湖寓樓的雨窗之下。三月二十二號。

他讀完這封美術式的信，不止在文字上突然引動了他的靈思，而且恍然自失。覺得自己剛才所偶得而不可多得的意境全消失了，而且兩兩相較，自己是何等的無趣味與惡俗呀。日日埋頭在紙堆中，教課中，何曾尋到了一點真諦。他呆呆地將一疊信籤放在案上，抬頭望著瓶內的雜花，似乎都在微睇著笑他作勞苦而無謂的奴隸的工作。他這時忘了去日的我，並且忘了現在的我，只在憧憬的感觸裡，對著花蕊凝神。手尖忽然移觸到未曾啟視的那封宣紙的中式信，他便低嘆了一聲，又從案上撿起。不留心地看到封面的左側，只有兩個大字，是「泰如」，他不禁道出一個「咦」字來。他忽地記起泰如從北平動身到湖南去後，這是第一封來函呢。他不能不暫將西湖畔蕩來的思潮權且壓下。

急急地用力將有綿性的封口撕開，不知為什麼他竟將適才用的小刀忘了。於是便從封內拉出一大張連行紙的信來，還沒等得細看，已見欹斜潦草的筆跡在紙上突現著。及至看時，卻是——

劍兄：十號由西站登車，勞神相送，車遠行過涿州後，猶復念念在懷。此次南歸，匆促成行，念昨者南園之松蔭下及陶然亭畔小坐時，又隔一塵。初在車箱內蜷伏一隅，以車中人物相比擬：破裂軍衣之武夫，鼻涕拖曳之孺子，黃齒積垢白髮盈顛之鄉氓，衣油可鑑錢褡時響之行賈，世人可憎，觸處皆是。輪聲沙澀，尤厭聽聞。而滿野黃沙，風吹蓬轉，日色失麗，風霾翳翳，種種現相，欲嘔而難吐。弟無雅懷，而中心煩厭，幾不知有何生趣？兼之心緒惡劣，悶坐難耐，欲借讀書以釋心憂，則皆在篋內，開視殊難。何需於鎖鑰，而必如此？探懷出《袖珍日記》小冊，顛倒覆視，借沉心氣。顧若為晴日，若為節候，若為東西哲人之格言，若為出入之帳簿，多事多事！此等事何殊以火繩自縛，我乃恨當時何為購此。我不知人生一世，有若干魯莽之光陰，以從事於此等瑣瑣事。命物為萬，豈終必難齊？不借大氣之吹號，則萬目萬耳，何取乎此。……於是我乃將此金字皮裝之小冊擲下於鐵軌中。

夜過黃河，本想乘茲月色，俯視濁流，比在翠微峰看松下清泉，當較有趣。但淡月黃暈，慘雲陰罩，三五微星，在空際閃爍，而黃河乃在半夢中過去。……弟默坐沉思，偶而仰視車內慘慘之油燈如置身於活動之丘墓。人影憧憧，即鬼影耳，今何世？正群鬼由墓中爬出橫行時耳。……天未黎明，一陣急雨，遂越河南境而南趨。

既抵漢口，無可瀏覽，紛擾場中，徒惹心煩！回憶七年前在此讀書地，爾時心境悠然，今茲重來，乃有如入鬼墟之感，匆匆一飯，轉車直赴長沙。今抵此間，業已數日，霪雨霏霏，滿街泥濘，寓所外終日喧騰，令人時生反感。天陰如墨，氣溼人稠，所遇之人，皆面冷心險；所歷之社會，皆沉沉有死氣。吾友！弟所適處，皆覺中懷鬱結，無復快思！視此世界，如同贅疣。此可憐之陳死人的現象，如蝨相積，飽吸血絲，身裂體肥，汙血灑地，以我視之，誠不如同盡之為愈。

昨天午後，天忽放晴，晚霞燦爛，頗有血彩。適有友來邀作嶽麓之遊，我漫應之，實則心頭積塊，墳起難平，正無可往耳。今日昧爽，簷鳥聲喧，起視旭日映窗，雲霧收卷，鬱鬱胸懷，為之微快。早餐畢（此地日食三餐早餐在上午八點），趨至友人寓，相邀渡河至水陸洲。——洲在湘江中流，長約十里，各國領事署在此。——及渡河至山麓，經麓山即朱子講學處也。現已駐兵，灰服壯丁，梭巡上下，若有重務必須藉此不祥之畸形人類為山水點綴者。人苦自擾，尤苦不能大擾，如此如此。登山穿叢箐而過，則丘壑起伏，風吹松濤，如聽潮音。山中多為先烈墓地，黃克強墓當正中，猶未竣工，其他諸墓，左右環拱，遙遙相望。弟流連悵觸，若棘在胸。追想彼輩，血久化碧，而贏得今日之狐狸橫行，能不感喟！世界須日日在革命之中，日無停機，其目的為優為劣，且不俱論。效用之說，更須屏除。我以為社會須日日以炸藥震之，我願我身須時時以刃鋒而刺透；平淡的人生，正自日掘其掩覆之墳穴耳。

山中有古寺二，一建於五代時，寺中有巨鐘一，斑鏽蘚跡，不鳴已久，物棄其用，置之何如沉於水底。據聞為唐時所鑄，此真有類雜誌所譏為『遺老遺少』者流。其一寺建於明時，頹垣敗瓦，舊跡依稀。寺之西隅，闢為茶肆，以便遊者。憑欄眺望，則煙霧沉沉，蒸溼紛擾之古長沙，歷歷可見。寺壁有一聯，記其一句曰：「日夜江聲下洞庭，」弟最愛聞此「聲」字。蓋此字與「動」相聯屬而成一體。弟讚美「動」，故讚美「聲」，但除此清流之江聲外，在此時各種「聲聞」，恨不大且烈耳。

嶽麓本恆山支脈，正中高峰，即麓峰，七十二峰之一也。弟曾登麓峰絕頂，崗巒倚伏，極目不盡，下視煙霧，瀰漫於地平線遠處。山半懸岩，古篆百餘字，每字徑五六寸，模糊難識。據聞歷代皆有考證，確係禹碑，實則代遠年湮，孰復知其真偽。但有一事，使我熱血沸灼，書此時尚有餘痛。去年冬日，有一兵士撞死碑前，題詩碑上，謂感於惡社會日日沉淪，光明無望，故追隨大禹於地下。今碑下鮮血依稀，猶可辨認。愛與憎連，吾人慎勿輕出於口。光明何物？乃足引誘此以生命作抵押月僅得三元之可憐生物，以身殉之。是愛歟？憎歟？然彼終不失為獨行者。弟沉思久久，熱淚沿頰而下，墜於草際！念此多難人生，反不如禹時不平水土，不治洪濤，則今日仍不失為一晴波浩蕩之水國。人類何用？徒自紛囂！然既在斯時，寧能禁我為獨行者。我無愛於藝藝盲目之社會，無依戀於此可詛咒之人類；但我讚美「動」，讚美「獨行」，死亦有其道，我乃對此心酸意激，長笑而下。

弟父之疾，漸見痊可，到常德後，尚有他務。至時回洪與否，刻尚未定。在五月中旬，或即返京。蓋皆不定。世界何曾有分毫定則之事。弟此時獨飲劇烈之鄉釀，輒覺胸中勃勃，加以許多印象橫現眼底，噫！……且俟他日耳。……

弟泰如。四月八日晚十點。

他沒有思索的餘時，沒有評判的勇力，及至目不停瞬地一氣讀完之後，他於是覺得似乎他沒有思索的能力了。同時那位朋友由西湖畔寄來的那封美術式的信，也如演影片一般，風呵，竹呵，輕漾如綿的浮雲呵，如拖曳著碧練的江色呵，安閒自放於大自然中的那位聰穎的青年，也帶了以上這些印象，全來到眼底。與長沙客寓中滿面沉鬱的人所突起而洶湧的思潮的兩者中間，如劃清了戰線似的，同時來侵犯他的中立的思域了。

本來他的安靜靜的心思，卻被突來之異樣的呼聲衝破了。一封信在案上現出甜美般引誘的笑容，一封信執在手中，覺得紙角如火灼一般的熱。他心中感到有兩種相反而俱似鋒利的針尖的不可避卻的思想從兩面刺入。西湖畔的自然醇化，嶽麓山上鬱勃的淚痕，同時他絕無偏重地領受到，卻又沒有偏傾的判別力。

於是他頹然地坐下了！

於是他的思潮，卻互相衝突起來——自然同時他想到兩個異樣朋友的特殊感覺都來擾動他了。

他想火灼著好吧，而飲著甜玫之酒，徜徉於月色的銀輝之下，又何嘗不好。但自己呢？……想到這裡，回念到自己的平生，預想到茫茫的前途，便不能往下再繼續尋思下去，單有一種窒息般的感覺，似乎將他沉浸下去了。

不錯，世界是個可厭的虛谷。種種的，種種的都同兒童玩著的肥皂泡一般，有什麼呢？但既在此中，恐怕忍不得憎惡與氣憤的發生吧，免不得揚開未曾發光的火焰吧，什麼是「物物而不物於物」？且向潔淨無點滓的心靈之府，求安慰的安靜的燭光吧。其實都是聰明者所應作的。……

他勉強再去分剖，終於找不到結果，他便覺得自己是墜在枯乾的眢井中了。

這時緊對著窗子的院門，閉然開放，寓主人家的一對男女孩子的小學生，放了午學回來。背了綠底繡有黑花的書包，白邊的小軍帽，與兩條紮有紫絨繩的髮辮，一前一後的跳動著跑來。分明一陣歌聲，從他們沒有譜韻的口舌中發出，他聽得卻很清楚，是——

小小鳥兒，關在籠裡；

小小花兒，栽在盆裡；

哦！還有還有小小的星兒，飛在天空裡。

飛到東，飛到西，

花兒，鳥兒，他（星星）都瞧不起，瞧不起。

星星星星，你不要瞧不起。

誰來誰來曾理你？

小小的花呀，我（花兒）曾咬過小姑娘的手指。

小小的鳥兒，我（鳥兒）曾嘗過可口的小黃米。……

他們唱的很快，但兒童清脆的口音，他卻一字不漏卻地聽到了。這時這一對七八歲愛淘氣的小孩子，早一前一後跳過中門之內。歌聲引長，還似留在靜靜的院裡。

他不覺得微笑了，猛然抬頭看見瓶中雜插的小蕚的丁香，垂著淡白蓓蕾的櫻花，嬌麗如十三四歲女孩子粉頰一般的榆葉梅，繽紛相映。她們也似乎互相注視，向自己藐視地微笑了。

但在暫時隔離於思潮之外的在案上現出甜美般的引誘的笑容，以及在手中覺得如火灼熱的這兩封信，仍然似乎儲存著它們的本來的面目，在淡淡的空氣裡。

生與死的一行列

「老魏作了一輩子的好人，卻偏偏不挑選好日子死。……像這樣落棉花瓤子的雪，這樣刀尖似的風，我們卻替他出殯！老魏還有這口氣，少不了又點頭砸舌地說：『勞不起駕！哦！勞不起駕』了！」

這句話是四十多歲、鷹鉤鼻子的剛二說的。他是老魏近鄰，專門為人扛棺材的行家。自十六七歲起首同他父親作這等傳代的事，已把二十多年的精力全消耗在死屍的身上。往常老魏總笑他是沒出息的，是專與活人作對的——因為剛二聽見近處有了死人，便向菸酒店中先賒兩個銅子的白酒喝。但在這天的雪花飛舞中，他可沒先向常去的菸酒店喝一杯酒。他同夥伴們從棺材鋪扛了一具薄薄的楊木棺，踏著街上雪泥的時候，並沒有說話。只看見老魏的又厚而又紫的下唇藏在蓬蓬的短髯裡，在巷後的茅簷下喝玉米粥。他那失去了明光的眼不大敢向著陽光啟視。在朔風逼冷的臘月清晨，他低頭喝著玉米粥，兩眼盡向地上的薄薄霜痕上注視。——一群乞丐似的槓夫，束了草繩，戴了穿洞氈帽，上面的紅纓搖颭著，正從他的身旁經過。大家預備到北長街為一個醫生抬棺材去。他居然喊著「喝一碗粥再去」。記得還向他說了一句「咦！魏老頭兒，回頭我要替你剪一下鬍子了」。他哈哈地笑了。

這都是剛二走在道中的回憶。天氣冷得厲害，坐明亮包車的貴婦的頸部全包在狐毛的領子裡。汽車的輪跡在雪上也少了好些。雖然聽到午炮放過，日影可沒曾露出一點。

當著快走近了老魏的門首，剛二沉默了一路，忍不住說出那幾句話來。三個夥伴，正如自己用力往前走去，彷彿沒聽明他的話一般。又走了幾步，前頭的小孩子阿毛道：「剛二叔，你不知道魏老爺子不會挑選好日子死的，若他會挑選了日子死，他早會挑選好日子活著了！他活的日子多壞！依我看來——不，我媽也是這樣說呢，他老人家到死也沒個老伴，一個養兒子，又病又跛了一條腿，連博利工廠也進不去了，還得他老人家弄飯來給他吃。——好日子，是呵，可不是他的！……」這幾句話似乎使剛二聽了有些動心，便用破洞的袖筒裝了口，咳嗽幾聲，可沒答話。

他們一同把棺材放在老魏的三間破屋前頭，各人臉上不但沒有一滴汗珠，反而都凍紅了。幾個替老魏辦喪事的老人、婦女，便喊著小孩子們在牆角上燒了一瓦罐煤渣，讓他們圍著取暖。

自然是異常省事的，死屍裝進了棺材，大家都覺得寬慰好多。拉車的李順暫時充當木匠，把棺材蓋板釘好，……叮叮……叮，一陣斧聲，與土炕上蜷伏著跛足的老魏養子蒙兒的哀聲、鄰人們的嗟嘆聲同時並作。

棺殮已畢，一位年老的媽媽首先提議應該乘著人多手眾，趕快送到城外五里墩的義地去。七十八歲的李順的祖父，領導大家討論，五六個辦喪的都不約而同地說：「應該趕快入土。」獨有剛二在煤渣火邊，摸著腮沒答應一句。那位好絮叨的媽媽拄著枴杖，一手拭著鼻涕顫聲向剛二道：

「你剛二叔今天想酒喝可不成，……哼哼！老魏待你不錯沒有良心的小子！」

「我麼？……」剛二夷然地苦笑，卻沒有續說下去。接著得了殘疾的蒙兒又嗚嗚地哭出聲來。

大家先回去午飯，回來重複聚議怎樣處置蒙兒的問題。因為照例，蒙兒應該送他的義父到城外義地去，不過他的左足自去年有病，又被汽車軋了一次，萬不能有力量走七八里路程。若是仍教他在土炕上哭泣，不但他自己不肯，李順的祖父首先不答應，理由是正當而明瞭的。他在眾人面前，一手捋著全白的鬍子，一手用他的銅旱菸管扣著白色棺木道：「蒙兒的事，……你們也有幾個曉得的。他是個瘋女人的棄兒，十年以前的事，你們年輕的人算算，他那時才幾歲？」他少停了一會，眼望著圍繞的一群人。

於是五歲、八歲的猜不定的說法一齊嚷了起來，李順的祖父又把碩大的菸斗向棺木扣了一下，似乎教死屍也聽得見。他說：「我記得那時他正正是七歲呢。」正在這時，炕上的蒙兒哽咽的應了一聲，別人更沒有說話的了。李順的祖父背歷史似地重複說下去。

「不知哪裡來的瘋女人，赤著上身從城外跑來，在大街上被警察趕跑，來到我們這個貧民窟裡，他們便不來干涉了。可憐的蒙兒還一前一後地隨著他媽轉。小孩子身上哪裡有一絲線，虧得那時還是七月的天氣。有些人以為這太難看了，想合夥將她和蒙兒攆出去。終究被我和老魏阻住了。不過三四天瘋女人死去，餘下這個可憐的孩子。……以後的事不用再說了。我活了這大歲數，還是頭一次見到這個命苦的孩子，他現在是這樣，將來的事誰還能想得定？……可是論理，他對老魏，無論如何，哪能不送到義地看著安葬！……」本來大家的心思也是如此，更加上蒙兒在炕上直聲嚷著就算跪著走也得去。於是決定李順攙扶著他走。李順的祖父，因為與老魏幾十年的老交情，也要隨著棺材前去。他年輕時當過鏢師的，雖然這把年紀，筋力卻還強壯；他的性情又極堅定，所以眾人都不敢阻他。

正是極平常的事，五六個人扛了一具白木棺材，用打結的麻繩捆住，前面有幾個如同棺裡一樣窮的貧民迤邐地走著。大家在沉默中，一步一步地，足印踏在雪後的灰泥大街上，還不如汽車輪子的斜紋印的深些，還不如載重馬蹄踏得重些，更不如警察們的鐵釘皮靴走在街上有些聲響。這窮苦的生與死的一行列，在許多人看來，還不如人力車上妓女所帶的花綾結更光耀些。自然，他們都是每天每夜罩在灰色的暗幕之下，即使死後仍然是用白的不光華的粗木匣子裝起，或用粗繩打成的葦席。不但這樣，他們的肚腹，只是用堅硬粗糙的食物渣滓磨成的；他們的皮膚，只是用凍僵的血與冷透的汗編成的！他們的思想呢，只有在黎明時望見蒼白的朝光，到黃昏時穿過茫茫的煙網。他們在街上穿行著，自然也會有深深的感觸，他們或以為是人類共有的命運？他們卻沒曾知道已被「命運」逐出宇宙之外了。

雖是冷的冬天，一時雪停風止，看熱鬧的人也有了，茶館裡的顧客重複來臨。他們這一行列，一般人看慣了，自然再不會有什麼考問，死者是誰？跛足的孩子是棺材中的什麼人？好好的人為什麼死的？這些問題早在消閒者的思域之外。他們——消閒的人們，每天在街口上看見開膛的豬，厚而尖鋒的刀從茸茸的毛項下插入，血花四射，從後腿間拔出；他們在市口看穿灰衣無領的犯人蒙了白布，被流星似的槍彈打到腦殼上，滾在地下還微微搐動；他們見小孩子們強力相搏，頭破血出，這都是消閒的方法，也由此可得到些許的愉快！比較起來，一具白棺材，幾個貧民在雪街上走更有什麼好看！不過這樣冷天，一條大街、一個市場玩膩了，所以站在巷口的，坐在茶肆的，穿了花緞外衣叉手在朱門前的女人們，也有些把無所定著的眼光投向這一行列去。

這一群的行列，死者固然是深深地密密地把他終生的恥辱藏在木匣子內去了，而扛棺的人，剛二、李順，以及老祖父，似是生活在一匣子以內。

他們走過長街，待要轉西出城門了。一家門口站住了幾個男子與兩三個華服的婦女，還領著一個七八歲的小姑娘。汽車輪機正將停未停地從狼皮褥下發出澀粗的嗚聲。忽地那位穿皮衣的小姑娘橫摟著一位中年婦人的腿說：「娘，娘，害怕！……」那位婦人向汽車看了一眼，便撫著小姑娘的額髮道：「多大了，又不是沒見過汽車。這點點響聲有什麼可怕？」

「不，不是，娘，那街上的棺材，走著的棺材！……」

「乖乖！傻孩子。……」婦女便不在意地笑了。

但是在相離不到七八尺遠的街心，這幾句話偏被提了銅旱菸管的老祖父聽見了，他也不揚頭看去，只是咕噥著道：「害怕！……傻孩子……」說著便追上他那些少年同伴們出城去了。

出城後並不能即刻便到墓田。冷冽的空氣，一望無際的曠野，有些生物似乎是從死人的穴中覺醒過來，他們不約而同地揚起頭來望望天空。三五棵枯樹在土堤上，噪晚的烏鴉群集枝上喳喳地啼著。有一群羊兒從他們身邊穿過。後面跟了個執著皮鞭的長髮童子，他看見從城中出來這一行列，不禁愕然地立住了，問道：

「哪兒去？是不是五里墩的義地？」

「小哥兒，是的，你要進城。……這樣天氣一天的活計很苦？」老祖父代表這一群人鄭重地對答。

牧羊的長髮童子有點疑惑神氣道：「現在天可不早了，你們還是趕緊走吧，到了晚上城外的路不大方便。……」他說到這裡，又精細地四下裡看了看道：「灰衣的人……要不得呢！」

老祖父獨自在後邊，聽童子說完，從皺紋的眼角上露出一絲笑容來說：「小哥兒，真是傻孩子，像我們還怕！」

童子自己知道說的不很恰當，便笑一笑，又轉過身去望了望前邊送棺材的一群，就吹嘯著往對方走去。

老祖父的腳力真使這群人吃驚。他不用枴杖，走了幾步便追上棺材，而且又同他們談話。蒙兒的顴骨上已現出紅暈顏色，兩隻噙有眼淚的眼確已現出疲乏神氣，就連在一旁用右手扶住他的李順似乎也很吃累。獨有剛二既不害冷，也不見得煩累，只是很自然地交換著肩頭扛了棺材走路。

老祖父這時從褲袋裡裝了一菸斗的碎菸，一手籠住袖口上的敗絮，吸著菸氣說：「這便是老魏的福氣了，待要安葬的時候，雪也止了，冷點還怕什麼。只要我們不死的，還沒裝在匣子的先給他收拾好了，我們算是盡過心，對得起人。……」

久不做事的剛二也大聲道：「是呵，我早上還說老魏叔死的日子沒挑選好，現在想想這也難得。他老人家開了一輩子的笑口，死後安葬時沒雪沒風，也可算得稱心了！……我今天累死，就是三年沒有酒喝，也要表表心兒，替死人出點力！人能有幾回這樣？……」他說時淚痕在眼眶內慢慢地滾動，又慢慢地噙回去。

老祖父接著嘆口氣道：「人早晚還不是這樣結果，像我們更不知在哪一天？老魏，我與他自從二十餘歲結鄰居，他三十多年作過挑夫、茶役、賣麵條的、清道伕。不管冷熱，他哪有一天停住手腳！……有幾個錢就同大家喝一壺白燒，吃幾片燒肉，這樣過活。不但沒有老婆，就連冬夏的衣服，也沒曾穿過一件整齊的。現在安穩死去，他一生沒有累事倒也算了，不過就是有這個無依靠的蒙兒。……咳！我眼見過多少人的死、殯葬，卻再也沒有他這麼平安又無累無罣地走了。我們還覺得大不了，其實，他在陰間還許笑我們替他忙呢！……」

堅定沉著的剛二急急地說：「我看慣了棺材裡裝死人，一具一具抬進，一具一具的抬出，算不了一回事。就是吃這碗飯，也同泥瓦匠天天搬運磚料一樣。孝子蒙在白布打成的罩篷下像回事的低頭走著，點了胭脂、穿著白衣像去賽會的女的坐在馬車裡，在我們看來一點不奇。不過……老魏這等不聲不響地死，我倒覺得……自從昨兒晚上心裡似乎有點事了！老爹，你說不有點奇怪？……」

老祖父從澀啞喉嚨中哼了一聲，沒說出話來。

冬日曠野中的黃昏，沉靜又有點死氣。城外的雪沒有融化，白皜皜地掛遍了寒林，鋪滿了土山、微露麥芽的田地。天空中像有灰翅的雲影來回移動，除此外更沒有些生動的景象了。他們在下面陂陀的亂墳叢中，各人盡力用帶來的鐵鍬掘開冰凍的土塊。老祖父蹲在一座小墳頭的上面吸著旱菸作監工人，蒙兒斜靠在停放下的白棺材上用指頭畫木上的細紋。

簡單的葬儀就這樣完結，在朦朧的黃昏中，白木棺材去了麻繩放進土坑裡去。他們時時用熱氣呵著手，卻不停地工作，直至把棺材用堅硬土塊蓋得嚴密後，才噓一口氣。蒙兒只有呆呆地立著，冷氣的包圍直使他不住的抖顫。眼淚早已在眶裡凍乾了。老祖父用大菸斗輕輕地扣打著棺材上面的新土，彷彿在那裡想什麼心事。剛二卻忙的很，他方作完這個工作，便從腰裡掏出一卷粗裝燒紙，借了老祖父菸斗的餘火燃起來，火光一閃一閃地，不多時也熄了。左近樹上的乾枝又被晚風吹動，颯颯刷刷地如同呻吟著低語。

他們迴路的時候輕鬆得多了，然而腳步卻越發遲緩起來。大家總覺得回時的一行列，不是來時的一行列了，心中都有點茫然，一路上沒有一個人能說什麼話。但在雪地的暗影下他們已離開無邊的曠野，忽然北風吹得更厲害了，乾枯的碎葉，飄散的雪花都一陣陣向他們追去，彷彿要來打破這迴路的一行列的沉寂。

一九二三年冬

生與死的一行列

旅舍夜話

雪後泥融的道路上，深深地印上了馬蹄轍跡已成為淡灰色的模型。朔風尚吹著霰粒在空中飄揚，打在苦途行人的面上，時時起淒慄之感。荒原風勁，枯葉兒被風拋辭它們的故枝向土嶺的斜陀下落去。空中的色帶是淺藍中含以灰色，似有光又似無光的淡日在漠漠的大地上反映的一切景物都完全表示出中國北部的空氣變化。十月的天氣在這將近黃昏的時候，遠山都似蒙在霧裡，路旁的小河流中剛被陽光融化過的澌澌水流到這時已漸結成薄冰。

駱駝的項鈴，騾車的笨重的輪聲，由空寂的道中合奏著單調而沉悶的行旅催歸之曲。這一行的旅行者，多是到內蒙古去販運土貨的商販，或是綏遠以北的稅局釐卡去交款公回的人員，一共有三輛騾車，幾匹載重的駱駝。在這交通不便荒寒的旅途上，一天的顛頓行程，即那些慣於走道的畜牲們也都從銜有鐵鍊的口中吐出吁吁的聲來。旅客們到這時已不是在清早坐上車時的疲憊假寐了，荒原中將晚的景物從迷濛中將他們提醒，但是前路茫茫，看看淡黃色的斜日，將落下遠處疏林的叢梢。雪雖於昨日止住，而散霰零落更增冷度。他們坐在有臭味的駱駝背上，在窒住氣息的木箱車中，他們的身體麻木了，沒有什麼思想，只是沉沉地望著修長的前路，時而有一二人打著啞澀的喉音向車伕問道：

「宿站快到了麼？……還有幾里路？」

其實在車門上執鞭兀坐如石像的車伕，過慣了這種生活，反而不覺得有何煩悶，於叱呵牲畜以外，似乎他的口舌不能輕易舉動的。

及至他們在昏黑的時候走入一個鄉村的旅店時，在先到的旅客們已經都在各個屋子裡沉睡了。小小的鄉村位置群山的前面，大森林的左側，在夜間常常聽到狼嗥的聲音，所以一到黃昏家家都掩上木製的破門休息了，獨有這家旅店尚有沉黯的燈光，以待遲行的旅客。這一群人進來之後都分室安頓了行李，店中照例將混有沙粒塵屑的麵條一碗一碗地取出來供客。在他們會食的時候，各人大都搓手呵寒，拭著疲乏的眼瞼，其中有一二人將行裝中帶的強烈氣味的白酒用茶杯斟出，請同行的共喝，於是大家面部上頓現紅色，與室隅的大煤爐的火光相映。

一天的疲乏，飢困，全被富有刺激性的白酒提醒，在溫暖的屋子裡雖有生煤的氣味，他們卻以為已得到最大的安慰！況且行程日近一日，不久可以達到各人的目的地，所以在無意中晚飯之後便扳談起來。他們有的是在這天清早上從一個旅店中同行的，有的是在半途中遇上的，他們的職業自然是各人不同，即就其年齡上也有許多的差異：有的是六十幾歲的老商人，有的是三十歲左右面色黧黑筋肌強韌的勞動者，其中有一位是二十多歲的稅局的書記。雖然這樣，他們在這間黑暗奇異的旅舍中，卻彼此都談得來，而且覺得分外的親密，實在他們能夠互相通問過姓名的不過兩三個人。

他們討論的問題沒有目的，也沒有界限，但是所說的從沒有關於現在政治的事，這個荒僻的鄉野，這種四無人聲的客舍，實在可以無所顧忌的，然而他們的興味絕不在此。他們所談的事有的是關於關外大盜的軼聞，有的是沙漠中的土人生活，行旅中所遇到的奇事，與荒誕不能考證的鬼怪的異跡。一個人說時，別的人便如同被考試般的在那裡記憶著，預備著，因此談了時間雖然不少，而毫無倦怠的意思，反覺得很有意味。

說過幾個故事之後，有一位穿了黑羊羔皮袍的商人，出去取了些煤塊來投入無煙筒的大煤爐裡，不久就聽見畢畢剝剝的燃燒聲，驟然室內增高了溫度。這位上唇很厚說話帶有大同口音的商人，一面將鐵箸放在地上，一面從衣袋中將短短的黃銅水菸袋取出一袋一袋地吸著，在白煙瀰漫中，他側坐向著身旁的一位鬢髮斑白而顏色紅潤的老人道：

「魏三爺，你老人家的話匣子應該開啟了，你的故事，笑話，可以盡說三天三夜也完結不了。……」他又回頭向大家說道：「兄弟們，不知道我這位魏三爺的故事，到一處一處叫響。有時我們到歸化城中辦完事逛到窯子裡去，他居然把那些小姑娘們都說住了。所以她們給他起個外號叫做魏有辭。……」

這句話一說，大家不約而同地全笑了。而且一同催促著兀坐著撚鬚不語的老人說話。於是老人將他那身棉綢皮袍振了一振，遂緩緩道地：

「人們到那裡去都是相識，我是最喜歡談話的人。自從十六歲離家在外邊跑了十六七省的地方，什麼事多遇見過，……什麼人也談得來，所以計算起來，我一人走路由說話而成了朋友的不計其數。今天因為喝酒多些，所以沒有做聲，實在我聽見你們說，我早有點心癢癢了。……」說到這句，別的人又都笑了起來。即連坐在室隅吸著紙菸的很沉鬱的少年書記，也禁不住將眉頭展放開。一會老人又續說道：

「了不得，經驗的事情若多，人就要變壞。但是恕我！我經驗了無數的事卻自信沒有什麼被經驗變壞。我做過布販生意，當過錢鋪的跑外夥計，木商的司帳，現在老了，精神上大不如前，在庫倫那邊領了東做銀號生意。……本來像我這樣的年紀，還有什麼希望！但我也不羨慕你們年輕的人！果使你們到了我這個時候，回想起來，什麼事都似在夢中流過的浮雲一樣，也沒有何等羨慕了。……記得我十七八歲時，有一個當學徒的夥友，你們要聽過他那樣安心任命的怪事，連腸子多會笑斷。不過我如今想來，……咳！像我們不安心任命又待怎樣？罷罷，我有許多話一時也說不清，就先將那個夥友的事告訴你們。

「他跟我於四十年前都在天津的榮昌布店做學徒。那時天津哪裡有現在的景狀？……即那時的店規也嚴密得多，尤其是我們當學徒的十幾歲的小孩子，什麼事都得聽掌櫃的指揮，有些微的差錯也不成的。獨有我那個夥友，真是又滑稽又懶惰，無論什麼事沒曾在他心上著過痕跡。記得有一次正當夏日，風雨同作，階下的積水已經很深。那時布店中有好多布匹都堆在房簷下面。時候已是晚飯之後，又搬運不及，布店的掌櫃是個最為留心的人，他便叫我那位夥友出去試一試風是從哪面來的？雨點能夠被風吹到房簷上不？喊了半天，才從房簷下布匹的堆中將他喊出。他拭著眼睛走到房簷的前面，一時也沒有東西可以伸到簷外去試試風來自哪方，他就從廊下拾起一塊磚頭，用手伸到外面，風任管如何大卻吹不動。他便得意地來回覆掌櫃的說：『風甚正當，不向哪一面吹的。』及至問他用什麼試的，他簡捷地答道：『廊下的磚塊。』於是掌櫃的笑了，他卻又行著到布堆中去，不時便聽見鼾聲呼呼了。……」

他說完之後，滿座上的人都含著微笑，但沒有一個羼入問話的。老人又道：「他還有一樁令人發笑卻很有意味的事。他那時與我的年紀差不多，不，或者還大我一二歲。有一天他家裡寫信來囑他向店中請假回家娶妻，他便向掌櫃的請假。但店中請假須有理由的，掌櫃的便照例問他為什麼事要回家？他回答的很妙，道：『我岳父家嫁女。』掌櫃的覺得他又藉故走開，便夷然道：『你岳家嫁女，與你何關呢？』於是請假的事未准，到底他也沒曾說別的一句話。後來因他不回誤了喜期，他家中派專人來找他回去？向店中說明此事。掌櫃的道：『這人真是傻子，他娶妻何以不明白告訴我？』但他卻更說得妙了，他說『我岳家嫁女，可不就是我娶妻麼？已經早說明白了。……』類似這樣的事他還有好多。現在他也在天津作老闆了，不過那種隨便以及無所不安的態度，仍然還是照舊。其實呢，他也有他的見地：無論什麼事他不存更深遠的希望，更長久的計畫，別人求之不得的事，他也曾不在意，更沒有什麼利害得失的心思。……他那人真是個特別的人。……」

這段話未及說完，大家聽了，由自然中引起的笑謔以外，更似給予他們一種尋思可味的意境。老人稍停了一會，又微嘆地說：

「你們，……我也曾讀過幾句舊書，但是道理，世間的道理橫豎是一樣的。誰不是有無盡的慾望，有日夜焦思著，籌劃著，希冀著求『滿足』？……但『滿足』何曾在世界上實現過來。希望之果終難在地上成熟，即是偶而成熟，也是有無盡的辛澀的回味。……」

他還沒有說完，一個在電燈公司服務的工程師接著說道：「老先生的話實在也有道理。我們生了，死了，在世界上宛同工廠的輪轉機一般，皮帶愈緊，拉輪子轉得越發厲害，到了時候，……都會成了廢物。人們苦於不知足——就是不安心任命地混下去，結果弄得世界上愈加混亂起來。……」工程師像是已經飽吸過工廠的空氣，而又有點容納不下要嘔吐出來似的，所以他的話還有好多正待接著說下去，不料在室隅獨坐的年輕書記，將手指在木案上敲了一下道：「安心任命！……」於是工程師的話突然截止。他以為少年人的氣盛，不信服這個由覺悟中來的道理，想待著書記駁完，再來申論，不過書記無意中說了這四個字以後，面部上露出沉鬱的狀態，細秀的雙眉連在一起，又不作聲了。工程師正在詫異之中，別的人彷彿不愛聽他的長篇講究道理的言論，便齊嚷著道：

「那位年輕的先生半晌也沒說話，這回應該輪到……你。可要挨著次序說一個故事讓我們聽聽。……」

年輕書記如同很靦腆似地連說：「沒有，……沒的說。」同行的人哪裡會聽他的話，非逼迫他說一個不可。書記從瘦削的面上露出誠懇而焦急的表情，竭力地分辯說不是自己不能說，實在心緒上有點不安，故而一時總說不出什麼好的故事來。大家哪裡肯依，又重行紛呶起來。富有經驗的老商人，便走出來道：「這位先生想是不常出門，免不得有些難為情；況且論理我們有年紀的人應該講故事給年輕的人聽，就是，大家不必紛亂，我替他講一個如何？」

這句話一出於善於說故事的老人之口，同行者不期而齊的同聲叫「好」，覺得分外新增了許多興致。年輕書記只有向老人致謝。而眼光炯炯留有八字須的工程師因為沒有他續說的機會，便冷然坐下向著火爐烤手。

老人將一雙皮膚很粗糙的手互相搓著，又向案上取過酒瓶來喝了一口冷酒，便開始說：「這回所講的故事雖短，卻不是那樣的好笑了。在這樣刮著北風，吹著雪花的夜裡，我們喝過酒以後，也應值得講這個故事了。……」他將這個楔子說出，大家忽然安靜起來，都很鄭重地坐著，連工程師也回過頭來，而年輕書記這回卻將破木圈椅向前挪動了幾步，看他面上的顏色，似乎已經知道老人將要講的是哪一類的故事一般。

「這是我剛從京城中來時聽一個很熟識的朋友告訴我的一件新聞，其實我們當它作新聞說，太覺得不尊重了。我這位朋友是通訊社中的一個記者，不過這件悽慘的事還不是從訪員中得來的訊息，這是由他的朋友家中傳出來的，事情是真確的，並且姓名我還知道，不說也罷了。依我想，這種事世界上也不知一天發生多少起？……有一位在某部任職的闊人，青年時候聽說也曾到外國去過，家資很有蓄積，現在年紀一天天老了下去，一天天被金錢的思想充滿了曾經研究過學業的腦子。他有幾個孩子，其中一位小姐，曾經在女子專門學校讀過書，不曉得如何同他的僚屬某祕書發生了愛情。……」

剛說到這裡，年輕書記臉上紅暈了，並且似乎因舊事重提的激刺，使得他用手將椅背握緊，但是在坐的人貪聽老人以下的話，都沒曾對他留意。

「據我那位朋友告訴我說，是這位不幸的青年曾在部員家中兼任過私人的祕書，也或者因此他們便有了這個神祕而悲慘的命運裝成的機會了。我的朋友曾在無意中與那位祕書先生見過一次。……」

書記坐在老人的一邊震了一下，他的胸口一起一伏地跳個不住，彷彿心房裡的血全行收縮起來。

「那位小姐是極聰明而又美麗的，她們的同學都為她起了個別號叫做什麼？……（他凝想了一會）雲英。我也不知道雲英是什麼人？但總是很雅緻難得的罷了。她的父親本來是受過新教育的人，所以初時對於她同年輕祕書的要好也不加禁止，但是他沒曾有過允許他們結為配偶的意思，這是我敢保證的。自然是沒有更好的希望，事情也可以這樣維持下去。不過有一個銀行總理的兒子，現在在審計院作很主要的事情，不知怎樣從某一個跳舞會上選中了部員的女兒，暗地裡與部員相商，要同她結婚。……現在類似這樣有些人以為是出人意料之外的事，但並不出奇。部員與銀行有特別的關係，自然不費力便允許了。但是要先將那位與他女兒要好的祕書派遣開，好想法漸漸地使她對銀行家的兒子傾心。所以他竟費了無限的事，託人將某祕書帶到遠處去另作事。你想不安心任命的年輕人，哪裡能捨卻了她，隻身遠行。不過部員說如果他到遠處去作事，一定可以不久便行升遷，過些日子可以重返京城趁此還可以作一些事業。……此外的事，我那位朋友也記不清楚了，但知自從年輕祕書抱了無限的熱望，忍容著一時別離上的痛苦去後，沒有兩個月部員的小姐已經出嫁。到了結婚後第三日，她已得了很危險的病症，……死了！……但這完全是傳聞的說法，到底是否因病而死誰也不曾知道。又聽說部員的手段異常陰險，當他打發年輕祕書隨了他的朋友到外省去的時候，不准他在一年以內請假他往，又暗地裡囑託青年的上司，不發全薪與他。可憐那位年輕祕書隨了部員的朋友走了兩三處的地方，因此連與那位小姐通訊也不能夠了。其實我們想在他們中間不知有過多少函件，但可惜俱被她那位精明才幹的父親收沒了。……這個事發生在前一個月，我那位朋友以通訊社記者的名義四處蒐羅來的實事材料。……而內中還有什麼祕密他也不知道，不過因為事情沒有結果，終不能宣布出來罷了。……你們想這也可以算得是一樁新聞，或是一件平常，沒有結果的故事麼？……」

老人嘆息地還在往下述說，正回頭要向身後的青年說話時，卻不知他已在什麼時候出去了。老人便問那些同行者，工程師冷冷道地：「他幸得你替他說了這段新聞，在你還沒說完的時候，他早已走了。……我想他那種古怪性癖的人，大約是恐怕有人再請他說呢。……橫豎在稅局當差的都自己擺出小老爺的身分來，哪裡願意跟我們在一起。……」他說出這個比較令人信服的理由，那些正為故事的趣味引動的人們也不再深考，只顧互相詳論老人所說的故事的價值。

老人略現沉思的顏色，卻不再說第三個故事了。待到夜深，大家要各人向自己屋子裡安憩的時候，老人卻皺著眉頭道：

「記住！安心任命的，與為慾望而去尋求常新的生命的，彼此中間有很寬很寬，不可越過的界限。……總而言之，兩者是不能調和的。」其實這時大家都已打著呵欠，眼瞼沉沉地渴睡著，又哪裡會去了解經驗很多的老人的感嘆話的意味。

一夜的大雪，將他們的客舍都罩住了，於是他們的鄉夢也更引長了。

第二天將近正午，雪止以後方能辨認路徑，於是這些客人又重上征途。但是在啟行之前，他們很紛擾地嚷著失掉了一個人；失掉了那位不肯說故事的稅局書記。他們不知是什麼事？互相驚疑著在雪地中分頭出去尋覓，但朔風吹著穿了雪衣的峰，壑，林木，一白無垠的郊原，更向哪裡尋得這位不幸青年的蹤跡？

到後來，大家都已忘記了昨夜年輕書記的執拗，彼此疑惑著，談論著，在車輪轆轆的聲中，他們遠旅的中心都懸念起來！

唯有富有經驗的老人，始終默然，不說一句話。當他坐在執行的駝背上時，用含有懺悔的眼光回望著來時的旅舍的雪中餘影，沉思著迷惑地似在夢中。

相識者

這日是靄生的出院期，自昨天晚上他就盤算著如同小孩子盼望聖誕節日的來到一般的迫切。固然，艾博士的饒有趣味的長髯，以及他那雙深深陷入的老花眼，與從他那粗重而柔和的聲中天天發出來的慰問的話，更有看護婦D姑娘的好笑好說的性情，與她那付幾乎與穿的制服的顏色一樣白的手，她那鬆鬆的帶有特別香味的散發，都是靄生在對著窗間陽光一分一分移動過日子的生活裡所喜歡見的。然而，悶臥在艾氏醫院中一個月來的生活如同隔離世界的孤島獨遊者似的。初時於痛苦之中感得慰悅，到後來簡直有些耐性不下。眼看著早住院的，或者同時來的，都被他們的親友絡繹著接了回去，自己卻仍然孤零零地在這個似乎與世隔離的孤島之中，雖然有老醫生的有趣味的黑髯，及D姑娘的纖手與有特別香味的雲髮，但即此也不能留戀得下一個時時富有憂鬱性，因此卻得了神經衰弱症的靄生。他幾次用強硬的語氣要求出院，老醫生總似乎打著官話說「尚欠營養，神經系的病症出院尚早」，這已經使他心懷遲疑。更加上有時D姑娘端著牛奶杯子進來微微地笑著輕輕道地：「你一個人老早的跑出院去，病還沒好又去工作，哪裡及得上在這裡多休息幾天！……」這些話他自己有時也猜到這是看護婦的一種例話，不過他究竟沒有自決的能力。

好容易從昨天下午經過老醫生一次詳細診查之後，允許他可以出院，他那時巴不得早走一天。便一口說定：「那就是明天早上吧。」

在他將就寢以前，D姑娘方知他要明早出院的訊息，趕過來幫同他收拾衣服撿點藥物。他也藉此機會與她作一月的伴友的最後的談話。D姑娘彷彿不以他走得如此匆忙為然似的，說話之間，比平常好笑的輔頰冷斂了好些。他也覺得有點對不起她那富有女性的以前的告語，但又不能變更計劃，只索訕訕道地：「密司D你看我就這樣出去了。一個月的光景，我不但覺得頭部的劇痛已止，並且從穿衣鏡裡看我的面上的肌肉，也增長豐潤了。我不能說，……但是一定我過日再有病的時候，一定，……不上別家醫院裡去。……」

「真正是小孩子話。……」她正在替他將一瓶吃剩的藥水裝上軟木塞子，微哂著答覆。

「不，……小孩子話麼？……我這種病難保不再犯，再來時仍然得煩勞你的……」

D姑娘正向著立櫥的大鏡，聽他說了這句話，便用左手從頭上取下一枝鋼條髮押來，插在右手內瓶上的軟木塞裡，低低地說，「這個地方不是好常來的！我不願意你再來，即是你再來，……誰還知道？……」富有感情的D姑娘說到這裡，左手一用力，砌的一聲，鋼條髮押便有一半多折斷在小玻璃瓶塞裡了。那時D姑娘很不好意思地要去將那根髮押拔出，但被靄生將藥瓶取過來道：

「還有再來的時候呢！……」

D姑娘也幽幽地笑了一笑。

這一夜靄生何曾能夠安穩的睡去，有時快盼著天亮，恨不得將這個轉動太慢的地球，催著它加上速力；有時又想這種思想，有點負人的好意。這樣，當他熄了電燈臥在臨窗的床上，從玻璃窗的上層仰窺著五月之夜的澹月疏星，不禁在理想中有種悠悠沉沉說不出的微微的煩鬱！他久已沒有夜裡失眠的病症了，但這夜似又將開始，他想不如明天仍然住在這裡，然而這個話又很難同老醫生說，於是沒有端緒的一層層的意像在腦中如流星的閃動。

第二天的早上，一輛馬車將他由艾博士及D姑娘的立處——醫院的門首送走時，他回望著那鬆曲的黑髯，那蓬蜷的額髮，那些灰白色磚牆上的朝光，不免有點惘然之感！他有許多朋友，但他不願將出院的時間通知他們，預備驟然出來，好教他們出於意外，所以他就這樣悄然地離開艾氏醫院了。這所醫院建於都會的郊外，恰與一片農事試驗場接近。更有古代遺留下的殘破的堡壘在農場後面。當他倚了軟衣包坐在敞棚的馬車上向前望著郊原的景色時，覺得自己好像另換了一個人一樣。這在久病初起的人往往有這同一的感想，也許在病後觀察一切的現象分外精細些，所以他覺得護城河流下來的曲溪的水聲，更聽得琮琤如響著的碎玉。道旁濃綠的柳色也似在內中滿藏著無限的幽密的意味。麥穗在田中起伏，如同金黃色波浪的前倒後擁，而且從中間散布出一種特異的麥穗的香氣出來。靄生在車上看著這些久在城市不得常常領略的景物，自然另有種深深的慰悅。忽然他向懷內取手帕出來要打去衣襟上的飛塵時，無意中手指觸著小藥水瓶塞上的半折的髮押，卻又不禁默默地沉坐著，連前面的得得的馬蹄聲也聽不出來了。

引人入夢的溫風從叢林中穿過，時時拂上這位久病新癒的青年的面部。他從沉思中被溫軟的輕風喚回，覺得思想上頗為紛亂。前幾夜夢裡的家鄉，與遠離的好友，或則是曾遊過的某處的湖光山色，曾讀過的新舊書籍，以及久已拋置在書架上自己未完工的著作，在圖書館裡參考某種學問所下的工夫，種種莫知所從來的亂思，都紛擾在腦子裡面，就在這個時候馬車已入了城門。

街市的繁華景況，突然擁出，將方才他那些思想由外圍景象的變幻驟然壓下。對映在目光中，與可以聽到的全是車輛的來往，行人的奔忙，放學歸來的兒童們在街上喧笑著爭鬥的種種聲音，更有提著鳥籠坐在舊式茶肆，門前閒談的遊逛者，不知哪裡的工廠汽笛發出尖銳的呼聲，與汽車透過時的警告行人的粗音，也有時若斷若續的劇場中送來的金鼓之聲。靄生在車上看見馬的後蹄分外行動的迅疾些，而穿了黑布白邊制服的馬伕也不住地將鞭絲在空中舞動。這些舉動明明地表示紛忙的現象，頓時使得體氣尚虛怯的靄生也心慌起來，同時他將手伸入衣袋內試著玻璃藥瓶仍然在那裡，便覺得放心好多。

正當轉過一條很寬的街道的時候，突然看見街上的行人都擁塞住了，且是在各家的店鋪門首站住好多的人，彷彿是瞧熱鬧來的，大家都談論著。靄生在車上也聽不明白，但是馬車卻被前面的許多車輛及立在街心的人塞住不能往前再走了。過了一會，從對面來了約有百多人的步行兵士，一半是肩著明亮刺刀的槍，那一半卻是些黑衣白領章的司法巡警。在這些人的中間是一群犯人，都一色的穿了白布坎肩，被繩子將雙手反縛著。但那些犯人有的穿著洋服，有的穿著很闊綽的皮衣，也有的衣服破舊點的，卻是居極少數，約有六七十個。同時靄生聽得立在街旁看熱鬧的人都嚷著說：「賭犯真多！賭犯真多！」靄生聽了這才明白是軍警破了大賭窟，而押解他們到各街市去示眾的。

靄生看見這等事在他的幽沉的心裡也不曾發生異樣的感動，他想這也不過是都市罪惡現象的一種罷了。這時前面的軍隊，和種種的犯人組成的這個奇異的行團，漸漸行近，靄生坐在馬車上便聽見自己的車伕同別的人力車伕談起，方知道這一群賭犯是昨夜在某一個俱樂部同時拿獲的。

靄生聽了，只有從自己的心底發生一聲噓住下的嘆息。而越在這種熱鬧喧擾的街市中，越引起他在醫院裡清靜生活的反映。在這一時中，他微微感到有點悔恨出院太早的意念。正在他尋思的時候，前面一群的犯人已經很疏列地從馬車前面一個個地走過。在無聊的痴坐之中，靄生的目光便注意於那些奇異的面孔。靄生是個善於尋思的青年，他在車上看見這些帶了各色與形狀不同的帽子下面的犯人面部，覺得很感趣味。他想夜間在一種奇異而具有魔咒般的引誘力之下，使得他們都將自己忘了，將一切忘了，完全掉在那個迷網之中。但他們在光嚴的日光之下，在這萬頭攢動的街道之中，如同傀儡的遊戲被人從後面牽扯的一般。人們的生活的一片段就是這樣麼？……他正在尋思時，忽然從犯人的層中閃露出一個特殊的面目，驟然使他將右手舉起，似乎從無意識中要招呼那個人似的，但又在無意識之中卻又彷彿被什麼暗力的指示將右手從上面放下。

原來在犯人層中閃動出的那一個特別的面目，是頭髮很長，顴骨很高，枯黃的皮膚之中，含有些黧黑的色素，但那副尖凸出的睛光，還是如十年前自己在馬櫻樹下看見的一樣。因為那時，靄生與他在某一箇中等學校時，曾有一種忘形的親密關係，所以雖隔開若干年還依舊認得清楚。但這時在不意中遇到，反而使得靄生一時不知如何方好。他只看見那個犯人神色蕭索，而羞慚的面目，已不是昔年那樣美好豐潤了，覺得從前同時在校的種種狀況，宛如重演活動舊片似的又行映現出來。但是那可憐的犯人只是低頭向著平鋪的馬路上如同尋找什麼東西似的，哪裡知道旁邊馬車上還有一位不相期而遇的舊日的同學在那裡回思過去的影片。就在這一剎那中，那些舊日的陳跡，沒有次序地在靄生的腦子中透過。

在二年級時，每當在夕陽影中校園的一角馬櫻花的樹叢中，人人都覺得這是一天中最有興趣的時候。每當任甫吹著口笛挾著一冊小說來得最後的時候，一群人見了都笑著說：「幸運使者！……幸運使者來了！」任甫那時正是全校裡的天之驕子，穿的衣服總要華麗，而且生成的一副含有女性溫和而姣好的面目。因別人的推崇，讚美，他更注意修飾與女性的摹仿一面上去。聽見講西洋文學史的教員說：英國詩人雪萊在校時生長得太美麗，而且身體柔弱不能運動，他無意中便得了這個摹仿的暗示；有時情願將器械操的分數拋卻，去作刷頭拂衣的工夫。這樣更使得全校好事的同學注意，於是便共同送他一個「幸運使者」的別號。那時靄生比他還小二歲在低一年的級中，還不大明白任甫的行為，只知每每見他以為有趣的很；每每隨著大家同他說笑。有一天仍然是在四月末日的夕陽中，那些好說好笑的少年都穿了短衣在校園的馬櫻花下談天。果然，在將近黃昏的時候又見任甫穿了細呢的袷袍，擷了一枝小小的花朵，很得意地由外面進來。別的同學都向他問道：「今天下午出去又有什麼幸運？」然而他彷彿不屑意地沒曾回答他們。及至晚飯以後，他獨獨將靄生領到風雨操場中低低地說了一句話是：

「你不要告訴他們！我到明天領你去看一個人去。」

靄生雖是比較任甫的年紀稍小些，但他自然也很明白這是椿新鮮而有趣味的事，再問任甫是到哪個地方去與什麼人想見？任甫卻傲然道：「你不但不能問這些事；並且去過之後，你須不向他們說，你若說了，仔細你，……」靄生那時究竟還有些小孩子氣，並且他向來是同人家對於然諾的信用不會破壞的，更不用任甫的恐嚇。一時被好奇心所引動，只待次日的趣劇開幕，自己也算得個配角的一員，就非常的滿意了。

次日，正是一個星期日，任甫假託同靄生遠足到郊外繪畫的名義，從校內吃過早餐之後，便換了衣服帶著畫具出城而去。

靄生那時在K城入中校修業的地方，是在多山地的一個都會裡。K城的北門正對著黃河的支流，在春夏的時候，往往出城不遠，上那些多石的小陵阜上便可看見裊娜的風帆順流而下。但北門外是往來的大道，且是因為交通的利便，所以也有汽車道及馬車道，縱橫畫列於斜坡及稻田之中。走路的人很多，所以也不很清靜。任甫同靄生很高興地從校中出來，僱了兩輛人力車拉出北門外去，便由任甫付錢打發回去，卻一聲不響地在前面走。靄生也不便問他，料想他也不肯答覆，只索肩了三足的畫具，賞覽自然的風景，在後邊一步一步地跟著走。任甫在前面轉過一條通行的馬道，卻不再走大路，從多生叢樹的小山上斜越過去，往S山的垂虹亭那面走去。靄生這才明白他要去的目的地。但是往垂虹亭去的便道應該出K城的東門，不幾里可以達到S山，為什麼他偏要轉走這許多路？「也許他是恐怕別的同學遠遠地隨他來所以藉此掩蔽麼？」這是當時悶在疑惑中的靄生的思想，到後來他究竟沒曾再告訴為什麼要轉這許多路的理由。近日的天氣分外溫暖，小山下的柳塘中一片片的綠色的花錦，全是些浮萍化成的。已經啼熟了的布穀，還在林中繼續著引吭而鳴。靄生隨在後面，被四周的景物引動起藝術的趣味，頗想就在這些地方支起畫架，隨意將景物的片段畫下幾幅來。但任甫疾行的腳步，與躁急的神色，那裡有心於這些事上。

及至到了S山坳處的下臨清流的垂虹亭上，靄生方才知道任甫來此為的什麼事以及為什麼要他同來。

原來任甫到這個幽靜少人來的亭上，是與一位女子商定婚約的。那位女子卻也分外謹慎，所以要任甫同一位年幼而誠實的同學前來，免得被人知道有什麼揣測的話。任甫本來不願意這樣辦，但是拗不過她，於是靄生便陪他同來，成為這出始為趣劇而終成悲劇的配角。

靄生既然明白他為什麼事同任甫來的，自己以為不應該這樣不問情由的同著任甫到這個地方。初時他只得同她與任甫在亭上說些閒話，過了一會，他便託辭繪畫，將三足架支起，在亭的下面約距有十五六步遠的橡樹蔭下，他半坐在樹後的大石上，對著前面的削起的嵐尖，便一筆一筆地畫了起來。任甫與那位青年的女子卻在亭上談話。

自從靄生無意中似乎作了任甫與她的訂婚的證人以後，任甫永不向他再提此事，他也替任甫謹守著前次的約言，沒曾向別的同學說起。他幾次想要問明那位女子的名字，任甫不告訴他，他也不再追問，只知她是姓鄭罷了。

自此之後，學校中漸漸更少見任甫的蹤跡，除去幾門重要功課以外，任甫有時並不到教室。大家都有所忙，也漸漸地不大提起「幸運使者」四字來了。靄生因為在校內服務甚忙，所以更不常與任甫見面，不過這次奇異的經驗時時的使他記起。

半年之後，忽然接得任甫與鄭女士結婚的通知，靄生方才明白春天在垂虹亭上的相晤，竟然有了結果。但是那時任甫早已轉入省城的某校，不在K城了。靄生只知任甫的叔父在省城充當某稅局的委員，也就是任甫的主婚人；至於鄭女士是住在哪裡，在什麼學校，如何能與任甫相識，靄生也無從探知；只是有時想起垂虹亭上的一晤，還能隱約想到她那雙明慧而流利的眼，以及穿的那身雪灰夾絨衣裙，除此之外便有些模糊了。但他總記得鄭女士是說的一口很難懂的土音，也分不清是哪裡的人，當時自己先有幾分不好意思，所以更沒有問訊完全，至於任甫卻始終並未曾介紹過。

直至靄生在K城中校卒業以後，方才從一位很遠的親戚的無意的談話之中少微曉得任甫及鄭女士的事，然而也是傳言，沒曾證實。據他那位親戚說：在省城曾在一個餐廳裡與任甫相遇，匆匆地一見，只知有三五個妓女，還有些少年同在一處飲酒，此外也就不得而知了。自從這個訊息傳與靄生之後，他時時覺得替那位鄭女士憂慮！更覺得自己在二年以前與任甫上垂虹亭去的多事了。

自從與那位幸運使者任甫別後，這是靄生第一次知道關於他的事。再一次便是前兩年當靄生在S埠當商科專校的外國文教員時，遇見一個舊日的同學；因為數年的闊別，曾談到從前同在校內的事，以及任甫的事，後來那位同學曾說聽見別的同學說：任甫因為在京城交際許多人物，與人合股辦鐵廠的工業，過於勞碌，又因在外面終日的戕身，已經不是從前了。……至於他那位鄭女士聽說已入了聖教，受過洗禮，與任甫已無形的離婚，便不知哪裡去了。

這些模糊終難考究的話，在靄生的那位同學已經說不清楚，……所以更無從向第三人去探問了。

但是靄生卻時時記起在S山上的垂虹亭中的鄭女士；並且自己覺得難安！此外便感到十年來的變化，那時還梳著雙鬟不過十五六歲的鄭女士，如今想已常常跪在禮拜堂中向冥冥的遠處，深自懺悔。有時靄生想得如同親眼看見的真切，有時在讀書作事的時間之中不自覺地忽然想起，總要耽延幾分鐘的工夫。自己也頗以為可笑，而且太過於為人耽憂了，然而自己又無從抑制得住。

以前的這些經過在這一刹那的時間之中，都從似由舊日的夢境中將靄生喚起似的。他突然看到十年前的任甫的面目，第一次引起他的尋思的全是這些事。及至這一群的軍警，賭犯，都走過了，街上的行人漸漸地移動，自己的馬車也往前走的時候，靄生方才想到「他怎麼也在這一群人裡面？」但這個疑問尚容易自己答覆得出，但是同時連帶而來的第二個疑問又行提起，便是：「他的夫人——垂虹亭上的她向哪裡去了？不知她曾知道他也在這一群裡否？……」靄生想到這裡，便想跳下車去上前拉住任甫問一問，……然而終於不能。……

靄生自從因為有了神經衰弱症進了艾氏醫院去療養以後，每日只是身體乏力，頭部昏痛，所以將一切的思想全都壓伏在玻璃杯及靜臥之下，不但以前所時常想及的任甫及鄭女士的偶然遇到又彷彿偶然消滅無從考究的事忘掉了，即連自己每天的工作的事也不能尋思。直至他出院以後，所有少少動他一點感想的，不過院中的D姑娘所給予他的一種細密的安慰罷了。但是在街市的一瞥之中，看到久已不復置念的任甫，便將舊日的聯想一一的提了起來，因此S山麓的垂虹亭，馬櫻花下的幸運使者的稱呼，後來聽見的訊息，與鄭女士那時的面貌、聲音、衣裙的顏色，都從久已存置的記憶中尋思出。

但馬車向前緩緩地走動時，忽有一個特異而似乎出於意外的猜測的思想，使得靄生驟然將雙手交握起來。「院裡的D姑娘也不過二十多歲的人，她的面貌，現在想來怎麼同當年在垂虹亭上見到的鄭女士——任甫的妻——有些相似！不錯！明慧而流利的雙眼，只是稍微不大活潑罷了。她那蓬鬆的頭髮，也與鄭女士梳著雙鬟時髮色相似，從純黑中少帶幾根黃色的髮。……她常常有種沉鬱的顏色在臉上，每每同她談起，她堅信上帝的存在，可以證明她是個真誠的教徒。……是她？……她何以在艾氏醫院中充當了看護婦？……果真是她麼？相遇未免太巧！……她或者已經知道我是當年在垂虹亭上的她與她的不幸的丈夫的證婚者麼？……然而十年了！……」

靄生從新見到的印象之中聯想起鄭女士，便又無意地將D姑娘證實她便是鄭女士的化身，這在靄生可說是個驚奇而出於意想之外的發現了。但是有一件事使他疑惑的，就是：「當年聽她說的是一種很難懂的土音，現在的D姑娘何以是說得很好的京話？不過還有時夾雜著幾個特別讀法的外省字呢。……然而這沒有可以反證她不是鄭女士之處，十年的時間，語音改變了這也是常有的事。……」但是這種斷定愈加真確，卻愈使靄生感到冥漠與感傷的感動。他不知想用什麼方法去加以證實，更不知目前要如何辦去？躊躇與驚訝之中，他的右手無意地又向衣袋中觸及帶有半截髮押的藥瓶，突然覺得有種冷慄而欲哭的感情充滿了周身的纖維！

為這事的煩擾，使得靄生三天回到住所的夜裡未曾安眠，第二天他決計無論哪裡都不去，重複回到艾氏醫院裡去訪問老醫生及D姑娘，想去問明這其中的原委；並且要告訴她關於任甫的事。哪知卻恰巧是老醫生同了D姑娘到城裡的一家人家中收產去了。靄生悶坐了半天，只是望著接待室中所畫的壁畫出神。末後，只有將昨日所見的任甫的事寫在信籤上，並且在後面寫了垂虹亭三字，問道D姑娘是否即是鄭女士？並且認識自己否？……他這時並沒有判斷思索的餘力，寫完之後，只好在將晚時驅車回城，及至在晚飯以後他忽然悔恨自己寫的這封信過於冒昧了，但是已來不及收回。

第三天的正午，忽然收到艾氏醫院專人送來的一封素色洋紙的信，靄生手指顫顫地拆開一看，只是幾個字：

「風戾重寒，冰懷難熱，一任他醉夢迷蝶；我只索爇上心香，灑淚花懺拜當窗月！」

下面只署了三個字是「相識者」，靄生反覆地唸著這一行難以索解的文詞，低低地嘆口氣，自己說到「相識者」三個字時，而感動的目光卻射在案頭上那個插有折斷的髮押的玻璃藥瓶上面去。

河沿的秋夜

「凡字在第一個腔孔，但不是悲調，是輕易不用的。譬如《漢宮秋》，《平沙落雁》這些調子中用高凡音的最多，至於《閨思》這個小曲兒你記得吧？一上來就是四上尺六工六上五仕六工尺尺工六等腔，……這是有一定的考究的；因為《閨思》的詞裡全是『鶯啼麴院驚殘夢，坐擁孤衾覺曉寒』的纏綿句子，自然用不到代表激越聲情的凡字音了。」

「這自然我明白，不過見賢，……我有時節愛聽笛子的聲音，它的確能代表一種激憤淒發的意味。簫也好，例如泰原吹得雙音總算是用過工夫的，一口氣裡吹出兩種音來，真有點如怨如慕，如泣如訴的聲口，可是太令人難堪！就在這個冷月秋夕，我們這等生活中忽聞得嗚咽低沉的簫聲，只有將沉住的心情由聲音的感化中使得它更憂鬱，更淒咽。……笛子卻好，能以激發。古時的人說『聞鄰笛輒喚奈何』，你知道能喚奈何還有求奈何以外的不奈何的意思，秋夜有簫聲呢，正有使我們聽了有說不出一個字來的難過。……」

見賢這時便將斜倚在唇邊的洞簫拿過來，橫在手內，看著如從冰窖中方才洗出的一輪皎月，唱著「把酒問青天……」的句子，半晌，方緩緩道地：

「我希望你什麼時候到我們家鄉去一趟！就在嘉陵江中的帆船上，當此秋夕，瀲灩的江波，蕭蕭的落葉，一派浩蕩的江聲，一隻裊娜的筏子，嵌在淡藍色的兩岸群峰之下，就在那船上來看此秋月，並加上船上的人吹起簫來。你想如練似的澄江，如瀉銀似的月色。美也美極了，可是感人也感人極了。更有音樂的淒激，……不說吧，兵匪交擾的故鄉，辱沒了佳山佳水！……」他說著又像另要換個題目的一般。立在他身旁身軀較低，正自在那裡按拍扣腔的青年，便攙口道：

「你不必提這些牢騷話了，今夕只可以談談風月，辱沒了佳山佳水，正是人間的自作孽！……我從小時候讀到『輕舟已過萬重山』及『嘉陵山水天下無』的詩句，欣羨的了不得，可是直到現在還沒有機會去過，不過空空地懸諸夢想罷了。將來總打定主意，要去一趟的。……可是這個高音的仩字，我吹不好，你說是什麼毛病？……」

他說完正在將手中所持的笛子橫過，方吹出兩個字來，忽然西院的木門一響，進來了同住的汪先生，拖著一雙破皮鞋梯拖梯拖地過來大聲道：「十點了，明天我還到學校裡發稿呢，你們真會開玩笑，得啦，終是裝著斯文風雅，……文豈在斯乎！……」

汪先生說的北平話本來有些欠高明，更加上用力地一說，將『得啦』的末一字，說成 le 的音，彷彿如同說法國話的 Dele 似的；更文縐縐地掉文，於是正在討論簫笛的這兩位都笑得忍不住了。汪先生也彎著腰，搖著頭髮近前來道：

「你們笑什麼？這是我的官話呢。」

「官話官話，餵飽了蛤蟆。……」叫見賢的那個湊著趣說。

於是大家的嘴唇都合不攏來，滿院都是笑聲。

汪先生自己先忍著笑向那位吹笛的青年道：「劍先，……你不要聽他這樣搗亂的話，本來我在西院裡正在做一篇叫做《一元乎多元乎》的文章，頭腦子裡本來便已為好多的名詞弄得有些顛倒，你們又在吹，又在唱著『雲鬢蓬鬆，……脂粉隔宵殘』的曲子，於是我的一元多元的文章，便變成玄之又玄的文章了。」

劍先將眉尖蹙了一蹙道：「誰又教你來作這種討厭的文章？什麼一元，多元，我們心裡一元的半個都放不下呢。說什麼窮其始終的話？你們看這樣的涼宵，這樣的明月，我要到東河沿的柳樹下去逛逛呢。……」

汪先生與見賢都同聲贊成，即刻找帽子，穿衣服，尋手杖，帶簫笛，忙亂了半晌，才一同踏著冷靜的月影迤邐向東河沿走來。走了沒有幾十步，劍先便問他們道：「又不是出征，你們要帶這些兵器幹什麼？正在戒嚴的時候，半夜裡每一人提一根手杖，怕巡警也來干涉呢。」他們想想也無味，便重複回去將手杖放下。

月光照得土地上纖毫畢見。沿著河沿的南頭走來，一行行的疏柳下的黃葉，東一堆，西一堆，被淒冷的西風吹得刷刷作響。河中雖也有幾尺深的汙水，但是終天被風吹的灰土浮滿，不能將月光反映得十分清澈。疏柳旁邊的人家，都早早的關門休息，連個犬叫的聲音也聽不見。正是陰曆十二三的月亮，仰頭看去，晶瑩清高，如天闕中的懸掛的銀燈一樣。他們行著走來，都默不作聲。劍先一個人跑在前頭，倚在一株柳樹上，一面仰望著柳陰中的月光，一面用左手托住腮頰彷彿正在那裡想什麼。見賢呢，在那邊來回踱著試吹他新學的《梅花三弄》的簫曲。汪先生將兩隻手插在夾呢大衣的口袋裡，聳著雙肩不住地說「好冷，好冷！」。

沒法形容的秋之月夜，況且在這個柳枯水淺的所在，遠處浮動著喧叫的市聲，自遠而近，彷彿秋夜的靈魂正在地獄中哀鳴。夜色是薄暗的光明，慘淡的清顯，從那乳白色，暗青色，銀輝色中交雜、勻合而織成的天幕裡，顯示出無限的幽祕、神奇、寂歷、簫瑟的感覺。他們在這個景色中，自然各有其心思的活躍、縈迴，自己不能抑止得住，申敘得出。況且養蜂夾道前面的兵操場內，偶然起一陣悲笳的鳴聲，也是壯烈，也是悲愴，更有僻巷中的街柝聲音，時時攙入，更令人聽了不知道要怎樣方好！劍先看著那千古如一的皎月，清輝四射，每道銀光都如冷箭般地射入自己心坎的缺處，而嗚咽的簫聲時低時昂，不覺低聲念道：「春生者繁華，秋榮者零悴，自然之數豈有恨哉！」的句子，但同時他也不覺得低頭扣著衣帶，沒得言語。

一會，見賢將簫聲用力在尾音上吹出一個拖長的工字音來，便夾在左臂下，興奮地向汪先生與劍先道：「喝酒去！喝酒去！我今兒晚上非喝酒不可，且盡歡罷！……」劍先只回了一個「好」字。汪先生悠然道：「『好』是『好』！誰帶了錢來？」

這句話竟沒人能答得出。

劍先不在意道地：「怕什麼！我們有簫，有笛子，還有衣服、帽子呢，反正回去也沒有多錢可取。……」說完之後，他又去偷看柳陰中的明月，似乎向她徵求同意的樣子。見賢爽快地說：「你不要管，今兒晚上非喝酒不可！走走！東華門外有的是小酒鋪子。……」

及至三個人走到河沿的橋頭上，不覺得都停住了，立在白石的橋上向上望望，又向下望望，便重行前去。

將近十一點的中夜，街口上的小酒鋪多已將一扇扇的門板上好，街上的行人也少得很，獨有某電影院的門口尚停置著許多的汽車、馬車。他們終於沒找到地方吃酒，依著汪先生便主張回去，但見賢是不依的，後來無意中走到一個門首，裡邊正有些人在猜拳喊呼。他們向門額上看去，恰巧是聚原酒店四個大字，見賢便招呼大家一同進去，好容易才找到靠東壁下一個大酒缸的紅漆漆成的圓板蓋子——當作酒桌用的旁邊坐下。

夥計過來，用木強的口音強摹著外省話來答話。後來他們便要了四兩一壺的玫瑰，蓮花白的兩種酒，共四壺。但這種特殊的酒店是不賣菜餚的，只有兩個銅子一碟的豆腐乾，四個銅子一碟的燻牛肉，見賢又命店中為買了些花生香腸的東西，便興奮地提倡著多讓劍先同汪先生喝酒。

劍先幾個月來都不曾喝酒了，他自從夏秋間一場重病之後，每天身體疼楚，呼吸短促，近來還是在寓處天天服藥，覺得有無限的痛苦向身體向心靈上互動迫壓。……然而到此也不能不喝了。他自從同他們到酒店之後，看見坐在櫃檯上酒簍中間的長面的掌櫃，執著旱菸竿兒，時時與來喝酒的人打諢說趣。他真是酒店內的一個獨醒者，他黃瘦的面色，精明的目光，表示出他的豐富的經驗。酒簍的上面，都蓋著白錫精製的酒塞，彷彿當街拉人的妓女用她們狡獪引誘的眼光向顧客們說：來來！你們且陶醉此中吧！這裡有迷惑的趣味，這其中隱藏著你們在平日嘗試不到的滋味！……似的。在木櫈及什物的木龕中，雜列著些紅漆色的木桌，鮮明的色彩，也同烈酒的燃燒似的，對於到這個地方來的人無形中有一種強烈的誘引、威脅。來喝酒的人大都是些工人，最上等的也不過是小理髮鋪內的夥計，因為從他們穿的藍布大褂，與分梳得很光明齊整的頭髮上看去可以知道。

汪先生正飲著，忽然向劍先道：「你記得魯迅君所說的魯鎮酒店麼？怕不是這個樣兒？」劍先正在看得出神，聽他說話，便將手中所拿的一片豆腐乾放在桌上，微笑道：「你錯了，魯鎮酒店怕還沒有這般闊吧。……」

見賢非常高興，盡著一杯一杯地幹去，又在激昂地談笑。而汪先生老是稱讚牛肉乾的味道，說在平常是吃不到的。

隔案上一個鐵路的工人打扮的壯年人，他吃得脖頸都紅了，大聲向他同坐的人說：「幹嘛？還有日子過！吃一天且混一天！一個月的八塊錢，孩子，老婆喝西風呢？……

我不懂，現今如這個世道有法辦麼？老李，你聽見工務處的人說：這月的薪水又得緩支，……我們只是給人家作奴才呢！……」又說了些話。但他粗澀的喉音已令人聽不清楚，過了一會，便踉蹌著走出。見賢這時又要了四五壺酒來，卻自己喝了大半，便拍著木案道：「不醉何待？這正是人間的樂趣的一刹那。什麼我都不……理會！且陶醉於一時！」他說著也十分表現出醉意來。汪先生還竭力阻止他再喝，但劍先卻不加一句話，只呆呆地望著門外的路燈光，望著酒店掌櫃的剃得光滑的頭頂，他似要在那裡尋求一點捉摸不到的東西似的。而見賢一杯飲乾之後，又盡著向他同來的友人勸釂。

酒店內正中的紅木案上，居然也有一座塵土罩滿的小臺鐘，看看街上已很少有行人，酒店內的空坐也漸漸露出，它才發出粗澀苦悶的鳴聲，敲過了十二下。汪先生似乎預先有點戒備，便要提倡回去，而正在吃得酣醉的見賢滿臉都現紅色，眼睛中也似在發燒，他一杯杯的酒彷彿是在與脾胃賭氣，竟將汪先生的戒意置諸不理。最末後又要了兩壺蓮花白來。店裡的人看他們都穿得齊整，又有戴著眼鏡的，挾著簫笛的，卻在半夜中來到這個地方狂飲，都從彼此互視的目光裡顯出詫異的神色來。

滿案的殘餚、酒滴，與暗澹的燭光相映照著，分外看得見油漆的木案的紅色鮮明。

劍先也被見賢勸得有些醉意了，正自盤算著走呵，要拿什麼來抵押？帽子有三個呢，橫豎還可以值二元以外，不就有一枝玉屏簫，在北京要用一元八角錢也買不到。正在籌思著，忽然看見初入門時那位說外省話的夥計走來，拿出一個紅紙條子來。劍先首先看見念道：「一百六十四枚。」見賢正在喝完末一杯酒，聽見這個數目，道聲「好。」又回頭向那個夥計道：「沒算錯麼？」話沒說完，便很迅速地將他在薄棉袍外所穿的一件嗶嘰呢大褂脫下，托在左手裡向櫃檯上一擲，對著光頭的掌櫃慷慨道地：

「我這件外衣是值十六元錢，我們錢沒帶來，留在你這裡吧，……寫個字條，明天拿錢來取！……」

自然，劍先與汪先生立在他身旁並不能阻止，實在他們明天的伙食費尚不知在書案下的抽屜內剩有幾十枚銅子，各人外衣的袋裡是什麼也沒有的。……但是酒店裡的人卻都跑過來，掌櫃的仍然笑吟吟地連聲應允，便由劍先寫了一個字條給店中的人看了，好作過日來取大衣的證據。及至他們走出酒店的門首時，喝醉了的見賢還大聲道：

「我們並不是沒有錢，我們有公館呢，不過出來沒帶，……你看明天！……」劍先一看他走出來的踉蹌狀態，便與汪先生一邊一個扶持住他，而他早已將頭低下。

白日車馬紛馳的大街，冷清清地不過有三五個行人，月色正在中天，陣陣的夜風吹得身上微顫。三個人的步履的影子，一橫一斜地便轉向東華門內走去。

只有河沿兩邊的秋柳夜鳴，與草際的促織啼聲來伴著這醉人的嗚咽。見賢在道上已是哭得不堪，好容易汪先生與劍先將他扶到原來吹簫的地方，他簡直痛哭起來。一面還數說著道：「我們的眼淚是不輕……易流的，硬是一滴淚一滴血呵！呵，……呵，幹什麼？我不回去了！……讓我在這個月明人散的好地方爽快地哭一場吧！……」

見賢平日很醇謹、很和平的，就止是好在讀書之餘高聲誦著佛經，劍先每每攻擊他這種態度，說他不應向空虛處逃遁，還更須向生之真痛處踏入。而見賢這時也不多加分辨，只是將藍色棉袍的雙袖不住地交替著擦眼淚。後來見賢向後方回顧了一回，又大聲道：「都是你，……劍先的一篇文章害了我！我為什麼要壓抑住一切的難過，一切的悲哀，想法讀詩，讀佛……典呵！……只不過為克制自己的心靈，希望不再使可以激刺我的聲呵，……色呵，動人的文字呵，來觸擊我的窄狹的心！但我自從讀過你……那篇，那篇《如此的》之後，呵，……咳！我真的翻騰了。『生活，與自我』，真是一條燒紅的鐵鍊，將我們身體與靈魂束上了炮烙之刑呵。迴響在哪裡呢？……我讀了幾年的哲學書，何曾說得清人生是什麼？記得什麼不曾經過便可超然像外，既曾經過，……好厲害的『既曾經過』，就在此呵！在這一時之中，我要我幹什麼？……哼！……我回去，我的好朋友呵！你們都有道路可走，我呢？向哪裡碰也碰……不開！我不要懷疑，但是封住了沸反的心腔；我不求證實，而這麼大小的宇宙偏偏來時刻迫壓得我，……弱小的我，不能呼吸！……」他斷續著說，嗚咽著說，也不能使別人明白他說話的真實意義。劍先的腿痛尚未痊癒，一邊扶著這個真情的醉人，一邊覺得自己的心腔也驟被迫擊，眼眶中滿凝了淚痕，再也忍不住了，便將心頭的鬱感迸發出來，變成一句話道：「蒼天呵！如此清宵，……我們投河而死吧！……」

說完之後，他便放開自己扶持見賢的左臂。飛跑到一株大柳樹下，如發了狂似地跪在河邊，正對著冷白的明月，低下頭來什麼話都不能說了。這時他覺得所有的樂、哀、歡慰與悲念、愛戀與憎恨，都如亂箭交射齊向心頭攢起，頓然若掉在迷網之中，不知從哪個密網的孔中可以跳出？他的過去的、如絮黏的、如蓬吹的、如火酒的燻烈的、如嚼橄欖的微澀的味道，全被見賢這一場痛哭引起。四顧茫茫！只有當頭的明月！簫聲散了，人語寂了，市聲漸去漸遠了，即連悲戚的笳聲，悠揚的鐘聲也聽不到。一切都蒙在寂靜的鼓中，更沒人來此敲動這蒙卻全宇宙的鼓皮！劍先只能聽得到肺葉的自震！

後來汪先生真的著急了，硬將跪在柳陰下的劍先拖起，三個人並坐在一塊大石頭上。見賢仍在沒頭沒尾的說些慷慨悲哭的話，汪先生手弄著簫桿，盡著勸說；而劍先將帽簷蓋住眉心，雙手托著腮頰，低頭俯看著流水中的月影，更不言語。

有時東岸上走過一輛兩輛的人力車，車上的薄弱的燈光即刻就不見了；又有幾個由市場歸來的學生，從他們身邊走過，聽見哭聲不免住一住足，也就急急地走去，仍然只有光彩愈形皎亮的月色。颼颼作響的枯葉，相伴著這三個人在此河沿的秋之夜裡。

他們在尋思，在狂哭，在盤旋無計，他們可看見遠處橋頭的煤氣燈火，他們都聽見秋蟲的幽啼，但他們各自在一己的夢境裡悵惘、憤激、失望、奮興，而一個心境卻不同於一個心境。

汪先生忘卻了玄之又玄的文章；而劍先更無心去討論工上尺六的笛譜，他正在沉靜地作心禱，正在感嘆中流淚，正在向碧海青天中尋求幽夢；但那個夢卻不是完全的。醉得厲害的見賢，只有大聲地哭說。

夜氣清冷，坐下的石頭卻似有點生活的感覺漸漸得有些溫意。

忽然在迷離的銀河下來了一陣嘹亮淒厲的雁聲由南向北飛過。

第二日的清早，劍先擦抹著睌癢的睡眼，夾了書包向汪先生的院內走來。他正要到學校教書去，方走過相通的圓角門。汪先生正趿了拖鞋在院內漱口，一見劍先走來，便忍不住將一口水噴了滿道地：「怎麼樣？……不得了！昨晚我們從河沿回來已經二點鐘了，……這種生活要不得！更有笑話呢，見賢回來躺在床上糊糊塗塗地命聽差給他脫皮鞋，口裡咕噥著道：『你懂得解法麼？要鬆鬆的，我扣眼的，解開解開！我受不住這麼緊的束縛，我要快快地解脫呵！……』弄得聽差摸不住頭腦，只是向著我傻笑。……你怎麼樣？好在我們還沒大醉，……他還沒有起得來呢。」

劍先蹙蹙眉頭道：「**If I am nothing-for nothing shall I be an hypo-crite, and seem well-pleased with pain?**」說著，彷彿另想起別的心事似的，便不再言語逕直地冒著霜風出門去了。

走不幾步，忽地汪先生斜披著外氅從院中追出道：「我問你一件事，你昨夜在河沿為誰跪著祈禱？那樣的……」說著很滑稽地便沒再說下去。

劍先向著初日妍映的蔚藍天色微笑了一笑，竟答不出一個字來。

紀夢

紀夢

雖是初秋的節候，然在北方已經是穿裌衣的天氣了。早晚分外清冷，獨有午後的陽光，溫煦、柔暖，使人仍有疲倦睏乏的感覺。P.P. 女子中學的一個教室內，這時正是可愛的陽光布施它的魔力的機會。學生們在上午從太陽未出前，忙到吃過中飯後，梳洗、穿衣、鉛筆、書包、道中的飛塵、校門口的喧嚷、鈴聲、異樣的教員口音、讚賞與斥責、各種樣式的玩意、外國文的拼字記憶、吃飯、盥洗，半天來沒有一刻安閒，熱鬧的時候過了，弱小的胃量充滿之後，便有倦意的來襲。況且國文教員兩點鐘方到校上課，早呢，還沒有到一點半。微有暖意的秋風將明熱的陽光送進玻璃窗內，一陣不易打退的倦意即時占有了這所寬五英呎、長十二英呎的教室。書本縱橫地拋在案上，胡亂寫的字紙壓在各種色彩的袖口下面，她們的垂髮也都安靜地不動，任其在寂靜的空氣中從容地散布夜來枕畔的氣味。有幾個還在勉強地溫習文章，然而小聲低誦著「世中遙望空雲山」的句子時，也覺得模模糊糊地彷彿有許多雲霧在眼前出現。

「玉清姐，哼！……我沒有氣力了，好歹讓我在你身上躺一會兒吧……一會兒吧！」一個紮著紫色夾有銀線辮把的，將身子斜敧在她的同學的左臂上，裝著小孩子樣兒這樣說。

她的同學——玉清，素來就好頑皮，這時呢，也正自覺得兩目有些發癢，懶懶地不抬起頭來。恰巧有個人來攲在自己身上，便趁勢用左臂把那一個的脖頸攬住，自己的上半段身子也向左俯了下去，腮頰貼住她的額髮，瞇縫著沉沉的眼瞼道：「好孩子！來，睡到我懷中來吧。」

她們在懶靜中驟聽得玉清這句話，不約而同地縱聲笑了起來。有的將首枕在臂上，有的拍著手兒向著空中，都笑得掩不住口。在玉清前面正在玩弄著缺襟半臂的珠扣的女孩子，這時卻回過臉來笑道：「呸！真不害臊，多大呀，就想做小母親呢！」沒說完，她自己也笑得伏在案上了。

於是一陣喧笑聲，變為帶有快樂而玩笑的語聲，「小母親」、「小母親」的摹仿口音哄滿了全室。更有幾個要居心看熱鬧的學生，立在講臺上說：

「玉清，……你兩個還不起來同小琭算帳，她真會說俏皮話兒。……」

「得啦，要叫我，……一定隔肢得她要死。……」又一個帶有挑戰的意味輕蔑地說。

果然這兩句話激起了玉清同她的伴侶的報復思想，便一同起來，一邊一個，把剛才說「小母親」的小琭拉著，四隻纖柔的手指便向她的肋下亂插。小琭原來笑的已沒有氣力，如何禁得住這兩個報復者的擺布。她一面護著頭後的雙鬟，一面用右手亂攔，口裡儘管說告饒的話。玉清哪裡饒得過她，連喘帶笑地說：「好呵，當面挖苦了人，過後只會說幾句輕巧話兒！……有那麼便宜的事麼？」說著仍然不曾住手。琭呢，實在無力抵抗了，便高呼著：「好吧！連姐姐，韋如，你們難道看見我被人欺負不說句公道話麼？……我還和你們好啦！」這句話的結果，是從後座上過來了兩位身穿著絳紫色的衣裙的、差不多的模樣兒的姊妹，來給她們調解。

　　幾分鐘後，全課室內的空氣變了，笑的、說的、埋怨的、交手的，……把剛才的倦意都打消了。不多時這場不意之戰也結束了，室中充滿了暖意，只餘下大家互相嘲笑指責的語聲。她們都如春日園林中的小鳥，一切都是隨意的，自然的，沒有拘束也沒有恐怖。然而在這一群少女中，獨有坐在南牆側第三排案子上的一個，彷彿獨處於歡樂、譏笑之外，側著面部，向著淡綠色的牆紙發呆。自然同教室的人不大答理她；而在她看來，這些玩意也沒曾在心中留下一點快樂的種子。她穿得很淡樸，淺藍色的竹布褂上沒有好的緣飾，連鈕釦也是用布結成的。鬆鬆地梳了一條辮子垂在細弱的項後，連個珠花夾子也沒有戴；不過在髮根的一邊，用個白色骨質作成的小梳斜攏著散髮。她的髮細而長，但不會太油黑。她的額髮也沒用火剪燙過，很自然的罩住了左右額角。她面色是潔白的，而看去卻像帶有病色，因為她並不像其他的女孩子有紅潤的腮頰。她的鼻骨很平，一雙彎彎明麗的眼睛，愈顯得她的穎秀精神。她寡於言語，又似是懶於言語。

她每天來到教室，安閒從容，絕不似他人的忙亂，有時連上四班的功課，她可以一次也不離開座位。可是她的功課卻不見得答的完全。有時教員問她，答得極清晰，有時卻茫然地答非所問。教員的告誡，同學們嗤嗤的暗笑聲，她不曾煩惱也不報復。她終日這樣，所以別的女孩子自然不大肯同她說話。大家都暗笑她，有時卻又帶點猜忌的意思，背地裡批評她。大家共同送了她一個諢名字，叫做「活啞巴」，左不過背後拿這三個字作她的代名罷了。在教室中、操場中還沒有人好意思這樣叫她。在這一群歡樂的女孩子中她是孤寂的、落寞的，如同從遠處跑來的一個陌生人。人家不大理會她，她也從不多事。平常多是默默地坐著，緩緩地行著，呆呆地側看著綠色的牆壁。

照例，每逢教員在講臺上的時候，提起霍君素這名字，她便立了起來，然而從不向教員直望，或匆迫地向四周的同學笑看。她都是低著頭撥弄一枝絳色的帶有白銅帽的鉛筆，回答教員所問的問題。這枝鉛筆似乎是她朝夕親近的伴兒，因為她到 P.P. 女子中學來三年了，也曾用過幾種鉛筆，獨有這枝鉛筆無論上課、下課、書包、懷內一直陪伴著她，而她卻輕易不肯用它。這點小故事，同學知道的不少；不過大家都說她有幾分呆氣罷了，卻說不出她為什麼不用這枝鉛筆，而又時刻不離的道理。好在同學們的課業、遊戲，整天忙得不開交，又有誰來理會這樣小事。

在喧笑譏消的聲中，壁上掛的時鐘敲過兩下，突然室內靜了一靜，女孩子們有的出去，有的開啟本子重新用功，而君素仍然呆望著綠色糊的牆壁。

十分鐘過了，戴著近視眼鏡的黃教員，從對面的休息室中走來，便有幾個好說話的學生嚷著「黃先生來了，黃先生來了」，說時現出期待的神氣。及至黃先生推開紅漆的玻璃門進來後，學生還有忙著找座位的，打書包的。黃先生微笑著從一邊走上了講臺左邊，把一包書往桌上一擱，先說道：

「我前二十分鐘便到了，聽得你們笑的厲害，為什麼？……我也好跟你們歡喜，你們說得出為什麼？」黃先生的質問，像是要從她們口中探點什麼祕密一樣。於是一時沉靜的室內又起了一陣笑聲。有些性情活潑些的女孩子，想起了剛才大家鬧的笑話，笑的不敢抬頭。有幾個莊重點的，本想板著面孔把書本鋪得正正的，無奈別人的笑臉、彎曲的眼角、顫動的額髮，老是向著自己作「笑呵，……笑呵」的誘惑，就不自禁的口邊的曲線聚成彎形，眉痕也向髮際擴張了。黃先生莫名其妙也隨同大家笑了起來。

笑了一會，她們究竟敵不住黃先生的考問，便有個嘴快的學生，彎著腰站起來，指手劃腳地把「小母親」問題一五一十地說出。黃先生不由得不滿臉好笑，末後，只好說一句「你們真淘氣」的話，各個坐椅上還是遏不住笑聲。

時鐘已指在二點二十分了，黃先生一手執著書本，一手拿著半段粉筆，時時向黑板上寫畫，如細雪似的粉末，沾了一身。一會兒將一段書講完之後，他便命大家把紙本、毛筆取出，說在這半點鐘連續著下一點須要作文。他說完，便用板擦將黑板上的粉字擦去，很鄭重地在黑板正中寫了兩個大字「紀夢」。他剛剛寫出，下面向黑板出神的女學生們不禁都微笑了。因為這兩個字的確是有趣味的，裡面當然包含著些豐富的聯想與連綿的回憶。且此二字即教員不加解釋，也是能以引起她們的注意的。她們正如方在學飛的雛燕、方從山谷中流出的活泉，活躍舞動的生命正在翱翔於雲表，自由自在地醞釀著、尋求著，希望著許多許多的好夢。所以，她們見這樣的一個題目，使她們心理上起了好大變化：記憶的、想像的、過去的、未來的、悲喜憂樂交織成一片心綱。不但出題的教員不知，她們自己也把捉不到。然而最微細、最柔膩、最深幽的情緒的幻境，都一一地被這兩個有魔力似的字喚起了。

黃先生自然自己也很感興味，把夢與人生有何關係、夢究竟是怎麼作成的理論話，向學生略略解釋。但這並不在她們心上，她們雖是側耳靜聽，從她們的眼光上就可看出她們只在尋味夢境的經過。類如什麼心理、生理、意識、生活這些抽象的話，她們哪裡有閒心思再去領會。黃先生又將各人的夢如何紀法，文字的修飾如何等等告訴過了，便向她們前後左右的注視了一會，看見學生們都將十分鐘前的嬉笑態度改換，雖還有一二人面上微笑，然而這是記起夢境後的愉快的表情，比起前時為笑話引來的大笑不一樣。

黃先生趁這個時候便向牆角上伸了個懶腰，在這一群女孩子凝神構思的當兒，他可把一日的辛勞暫為休息一下。他坐在講臺左側，向那些作文的學生們細細看她們的姿態，與作文的用思。黃先生他向來是好在無意中觀察人家的動作的，況且這次他出的作文題目，知道與這些女孩子的心理的表現上很有關係，於是觀察的習慣便使他注意她們的動作：託著腮頰的手形，低頭蘸墨時緩緩的舉動，並不是發癢而故意地用小牙梳爬著頂心的濃髮或者折弄著內袖口的花邊。至於面部的表情，雖有沉鬱、愉快的不同，然而都是莊重地、沉思地在那裡追想尋求。黃先生注視她們加以比較，但在心中卻想何苦出這個趣味太深的題目，令她們從回念中感到苦惱。夢境果然是悲苦的自不必說，即使是歡樂的，其實是一夢呢，她們十八九歲的人，難道還不會尋味出這是空空的歡喜！教她們作文完了，何苦以好奇的心思試驗她們，老實說可不有點罪過！……他正在與學生同時構思的時候，忽然，把目光從左而右落到第三排案上那個名叫君素的女生身上。因為她在這時的樣子，很易惹起教員的注意。

她自見出題之後，望了望黑板上的大字，仍然將臉左向，側望著綠色的牆壁。先生如何解釋題目，她是一個字也沒聽清的。及至她的同學們都在執筆構思的當兒，她又回頭望了那「紀夢」兩個字，便伏在案子上不動了。墨盒兒沒有開，毛筆還是安閒地放在一邊，她的肩背卻時時聳動。黃先生在此教書一年多了，對於學生的個性知道的很詳細。他明瞭霍君素是個特別的女生，她的文字、性情、舉止，有時與她那些活潑潑的同學們差得太多，並且她除了功課之外，連在教員前也不肯多說一個字。平常已惹起黃先生的疑心，所以他曾向教務處問過她的履歷，只知她住在北長街一條衚衕內，有母親、父親在外省審判廳內辦事，是十八歲，除此之外，便一無所知了。又見她的同學們背後議論她，就時常禁止，而自己可也究竟猜不透君素是個什麼樣環境的女學生。

這時他突然看見她伏在案上，額前鬆垂下的頭髮時時顫動，彷彿是在哭泣的樣子。他注視她，卻也時時看看別個學生，有的尚在那裡尋思，有的卻已鋪下紙本寫了出來。黃先生疑訝地、無聊地在講臺上正踱來踱去，一會兒坐下，從大衣中取出一個袖珍本子的洋文書來，但他的目光總不期而然地向霍君素的座位射去。這時學生們也看得出君素伏在案上的狀態異常，有幾個回頭看著她，又望望黃先生，便重複在紙上簌簌地寫起字來。

距離應該交文的鐘點不過還有十數分鐘了，黃先生看看別的學生，有的已將文字交來，有的也快寫完，獨有那個奇怪的霍君素仍舊伏在案上不動。作完文字的學生們，都在座位上唧唧喳喳的小聲議論她。黃先生再不能忍了，便走到她的身旁問她，同時又教兩個學生好好把她叫起，問她可是身上生病不是？哪知總拉不起她來，她只是小聲嗚咽地哭。黃先生也沒有辦法，把各人的文字一齊收起，看看君素還抬不起頭來，便好好地和她說，教她把文字帶回去作。又吩咐兩個大幾歲的學生不要下課以後馬上走了，須好好地將她哄得不哭，送她回家去。於是在下課鈴聲重複響起的時候，黃先生很不自在地夾了一包書籍、文字踅出課堂去了。

君素一個人沿了北河沿陰溼的土道上走著，女伴們都歡樂著回家去了。這麼長遠的街道，這麼淒淒的心境，又是在這夕陽沉山的時候！

北河沿的兩旁都是刺槐與柳樹，連日西風吹得起勁，一堆堆枯葉積在黏土地上，沒人掃除。不是夏日了，河水汙淤有種臭味。這髒爛的泥水與對面高樓矗立的某國使館的屋頂正相映照。君素雖是一步挨一步地走著，她並沒為這秋日的風景引動，她只是在那作她那夢中之夢的文章。

她低著頭，有時覺得向晚的尖風時時從單衣的袖口穿入，她看到手腕以上皮膚有點緊縮，她並不在意。她正在追憶她夢中畫圖的一片。

「你倒乖，……吃飽了飯就抱起書本子來，……哪件事不是我來瞎操心，……就是為你們拉縴，我在張太太家輸的錢還沒撈回本來，弄得我毛手毛腳的哪裡也去不成。都是你舅舅說的，要你念書！……天天打扮齊整，跟站門子的人一樣討小子們的歡喜，……哼！你別忙，還有我呢！真是死氣擺裂（北平土語）的累我一個。……」梳著沒有平板的圓頂旗頭的老太太，提著旱菸袋坐在堂屋門檻上數說著。

堂屋門的東角上一個小白爐子，煤球燒得通紅。上面坐著鐵壺，蓋子時時作響。爐邊躺著一隻棕色懶貓，前左爪正在有意無意地播弄著一個笤帚的帚苗；它又很狡獪地時時用黃色的眼睛斜瞪著低著頭、含了淚珠的她。

她頭還沒有梳好，兩個髻兒只挽上了一個，那一邊的頭髮還握在手內，因為聽見老太太的喊聲，便從房間中跑出來，呆呆地立著聽教訓。

她原是個舊家人家的女兒，她父親的世襲雲騎尉職早已失掉，薪俸沒了，又沒有資產。她自下生後便隨著父母過那幾乎討飯的生活。她父親要每天到茶館去喫茶，到朋友家去談天，手頭裡又沒有東西可以作生活的支持。一天天地挨下去，沒有方法了，每天喫茶的生活還是不能不過。就是這樣，結果只有出賣女兒——她是他們唯一的活動財產。

人家雖窮了，面子卻不能不講，究竟是世襲雲騎尉的家世，怎麼好將女兒賣給民國以來的闊人做姨太太、做婢女！

因為環境的威迫，後來她被父母當質押品般的一半借物質錢，一半是親戚寄養的辦法，便到這位陌生的老太太家中作養媳。

有一張契約，上面註明她的父母負有二十元債務——對這位老太太說的。那樣的閒言語在她聽來，已是常日飲食，只是有酸苦辛辣的味道，沒有什麼別的滋味。契約上的丈夫呢，是南橫街理髮店中的學徒，老太太每見他之後，就非常生氣地說：「不長進的畜類……不是我養的。」這類話，因此他輕易不回家來。獨有老太太的兄弟——一位在茶館說評書的滑稽和祥的老人，卻在清早時來談談。他力勸老太太把這位未圓房的媳婦送到校裡讀書。他的主張是女子念好了書可以預備老太太的後事。本來她在家裡識得幾個字，名義上的舅舅就先請人教她一些功課，過了一年，以她努力的結果居然考得上 **P.P.** 的女子中學。

舅舅自然歡喜，她也是望外，而老太太每天怒罵聲卻也更多。可憐的小動物，吃飽了主人的殘食，只有斜著黃色眼睛向帚柄上亂抓。它以為這是頂好的消遣；而老太太的思想也與此相仿，只要有消遣方法，哪顧到含著眼淚握著頭髮的別人！

她並沒有什麼特別的夢可紀。

一瞬的短時中，這篇尚未寫出的文字，已經在河沿旁的君素的腦子中打了幾個迴旋。這幅經過事實與想像合成的圖畫，雖深深嵌在她的心中，總難有抒寫出來的機會，而且她又哪裡有勇氣來寫；她想自己的苦夢，不知哪天才做得完，又如何寫得出。

但是她一眼看見河內的水流便不禁起了一個念頭。

眨眨眼第三個禮拜二又來了，**P. P.** 的學校庭前秋風吹得幾株刺槐墮葉的聲音，颼颼不斷。教室內仍然有天真爛縵的一群女孩子的聲浪。同一的鐘點到了，小琭圓瞪著眼睛還是同玉清鬥嘴。不一會黃先生也同樣的夾了書包從教員休息室中走來，態度很莊重，不似上次的和氣了。他坐下後，便一本本的發作文卷子，到了最末後的一本，黃先生便低頭重複看了一遍，輕輕地將木案拍了一下，著力的喊出「霍君素」三字。喊過兩次之後，學生們互相注視著微笑。黃先生抬起頭來向教室的四周看了一遍，只有霍君素的座位空著，小琭最愛說話，便道：「沒來，她兩天沒有到校中來了。」黃先生聽過這句話，詫異地立起來，輪著指頭算道：

「禮拜一、二、四，恰好她這篇……是教務處星期五送給我的，她不是那天在班上沒有作好，後來交代的麼？」

他一手握著這本文字，皺著眉頭，道：「怎麼好！怎麼好！」很惶急地向學生們說：

「你們看！看她……她這篇紀……夢！」說著，把卷子交與一個座位在前面的學生，便匆匆忙忙地出了教室，一面口裡喊著聽差道：

「李主任呢？……快請來……事情真麼？……出了岔子，……紀夢的事！……」

一九二四年秋

電子書購買

爽讀 APP

國家圖書館出版品預行編目資料

霜痕：捉到浮泛的人生的一片段，王統照短篇小說集錦 / 王統照著 . -- 第一版 . -- 臺北市：複刻文化事業有限公司 , 2024.01
面；　公分
POD 版
ISBN 978-626-7426-28-9(平裝)
857.63　　112022813

霜痕：捉到浮泛的人生的一片段，王統照短篇小說集錦

臉書

作　　者：王統照
發 行 人：黃振庭
出 版 者：複刻文化事業有限公司
發 行 者：複刻文化事業有限公司

E-mail：sonbookservice@gmail.com
粉 絲 頁：https://www.facebook.com/sonbookss/
網　　址：https://sonbook.net/
地　　址：台北市中正區重慶南路一段六十一號八樓 815 室
Rm. 815, 8F., No.61, Sec. 1, Chongqing S. Rd., Zhongzheng Dist., Taipei City 100, Taiwan
電　　話：(02) 2370-3310　　傳　　真：(02) 2388-1990

印　　刷：京峯數位服務有限公司
律師顧問：廣華律師事務所 張珮琦律師
定　　價：250 元
發行日期：2024 年 01 月第一版
◎本書以 POD 印製